En souvenir de ces lointains après-midi
passés à la bibliothèque de Hawthorne
avec maman, tante Jude, Matt, Vikki et Sean.

Sandy Hall

Un petit quelque chose en plus

Roman

Traduit de l'anglais (États-Unis)
par Pauline Vidal

Hugo Roman
New Way

SEPTEMBRE

Maribel (camarade de Lea)

– Je vais nous trouver de fausses cartes d'identité.

C'est ce que j'annonce à Lea alors qu'on se rend en cours le jour de la rentrée.

– Quoi ? s'insurge-t-elle. Mais c'est illégal !

Bien qu'on soit camarades de chambre depuis juste quatre jours, sa réaction ne m'étonne pas. Ce doit être l'ambiance de ces premières journées d'université qui vous rend plus sensible à l'amitié des autres, parce que j'ai l'impression de connaître Lea depuis toujours.

Et je peux d'ores et déjà affirmer que c'est une coloc géniale. Elle est propre, polie et tranquille, sans devenir ennuyeuse pour autant.

– Lea, l'important n'est pas que ce soit légal ou non. C'est que ça peut rassurer les propriétaires des bars du coin.

– Tu as une drôle de façon de voir les choses, Maribel.

– Ça fait du bien de boire un peu, dis-je en levant les bras.

En fait, je n'ai été ivre que deux fois dans ma vie, d'abord au mariage de ma sœur, ensuite au bal du lycée. Mais ça m'amuse bien.

– Je ne bois pas vraiment, reprend-elle.

Ça la fait quand même rire, alors j'insiste :

– Tu veux essayer ?

– Peut-être...

On marche sur une énorme pelouse sur laquelle donnent la moitié des bâtiments, et je voudrais m'arrêter une minute, le temps d'apprécier que j'entame enfin mes études supérieures.

– On est vraiment là ! dis-je en regardant autour de moi.

– Eh oui. C'est un grand moment.

Un instant, elle ne dit plus rien. Goûtant elle aussi ce moment. Puis, elle me demande :

– Tu vas à quel cours, là ?

– Développement de l'Europe. Et toi ?

– Atelier d'écriture créative.

– Comment tu as fait pour t'inscrire à un cours d'aussi haut niveau ?

Elle se retourne pour me répondre, marche un peu à reculons et heurte un mec super-mignon.

– Oh pardon ! s'exclame-t-elle en se penchant pour l'aider à ramasser ses affaires. Désolée.

– C'est rien, répond-il.

Il est beau gosse, mais plutôt bizarre dans sa façon de récupérer ses livres.

– Tu es sûr ? insiste Lea.

Il hoche la tête sans la regarder.

– Je ne veux pas être en retard à mon premier cours, reprend-elle en nous regardant l'un l'autre.

Il range tout dans sa sacoche puis finit par nous adresser un début de sourire.

– Tout va bien, lâche-t-il.

– Bon, dans ce cas... dit Lea. À plus, Marib.

Je lui réponds d'un hochement de la tête et me dirige vers mon propre cours.

Je crois que je viens d'assister à ma première rencontre romantique de l'année. Ça doit arriver souvent, par ici.

Inga (professeur d'écriture créative)

Les gens s'attendent toujours à une rentrée fraîche et automnale alors qu'en général, elle arrive le jour le plus chaud de l'année, lorsque le soleil chauffe comme un barbecue à toute puissance.

Face à mes étudiants, je m'efforce de ne pas transpirer dans mon corsage le plus fin. En quittant la maison ce matin, j'ai demandé à Pam ce qu'elle pensait de ma tenue et elle m'a dit que ça me donnait « l'air dévergondée genre *Petite maison dans la Prairie* ». Je ne savais pas que c'était possible, mais j'étais fière d'y être parvenue sans le faire exprès.

Je grimpe sur l'estrade en m'assurant que ma minijupe Laura Ingalls ne remonte pas trop haut, puis je vérifie l'heure sur mon téléphone. En ce jour de rentrée et, bien qu'ils proviennent tous d'un milieu assez huppé, je doute qu'aucun d'entre eux ait jamais mis les pieds dans un endroit pareil. Juré, le sous-sol est si profond qu'on est largement en dessous du niveau de la mer. Je parlerais presque des bouches de l'enfer si la climatisation ne venait pas de se mettre en marche.

Dix-neuf places sont prises alors que j'ai vingt-sept étudiants inscrits. Je ne peux m'empêcher d'espérer qu'ils ne restent pas en nombre impair. Je déteste les quantités impaires en écriture créative ; ça gâche tout quand on veut former des équipes.

La porte s'ouvre, et mon assistant fait son entrée.

- Bonjour, Cole ! lui dis-je.

- Salut, Inga. On est où, là ? Vingt mille lieues sous les mers ?

- Comme tu dis. Je vais devoir semer un chemin de petits cailloux pour retrouver mon bureau.

La porte s'ouvre encore, et l'étudiant numéro vingt fait son entrée. Il a l'air épuisé, essoufflé, mais quand il s'aperçoit qu'on le regarde, il nous adresse un sourire timide. Il va s'asseoir à la première place libre près de la porte, à côté d'un garçon qui tire la tronche et d'une fille qui paraît plus jeune – et plus anxieuse – que les autres. Le temps d'un clin d'œil, il croise le regard de la fille, mais tous deux rougissent et se détournent aussitôt.

Je consulte de nouveau l'heure sur mon téléphone et m'éclaircis la voix. C'est mon point faible. Voilà dix années que je suis enseignante mais, tous les ans, j'ai l'impression de rater les présentations de la rentrée, parce que j'essaie toujours d'avoir l'air trop décontractée. J'ai trente-six ans, qu'est-ce que je cherche à prouver ?

Je me lance :

– Bonjour tout le monde ! On va commencer.

Et là, je bats des mains.

Au moins, j'ai évité mon erreur d'il y a quelques années où j'avais dit : « Que la fête commence ! »

Comme si les gens venaient à ce cours pour s'amuser, boire et danser !

Les étudiants me suivent attentivement du regard, à part le râleur qui se gratte l'oreille, lève les yeux au ciel.

– Je m'appelle Inga Myerson, et voici Cole... mon assistant.

Je m'aperçois que je ne connais même pas son nom de famille et lui souffle un « désolée » à voix basse. Il hausse les épaules en souriant. Je me dépêche d'ajouter à l'adresse de la classe :

– Et, au cas où vous vous croiriez embarqués dans *Le monde de Narnia* par erreur, ceci est un atelier d'écriture créative.

Là-dessus, je me lance dans mon baratin habituel tout en exposant le programme des cours. Je me suis mise sur pilotage automatique et j'essaie de choisir les deux étudiants que j'aimerais voir en couple avant la fin de l'année. C'est une de mes manies. Ça a commencé quand j'étais moi-même assistante de ma prof préférée à l'université. Elle disait aimer se raconter des histoires sur ses étudiants et en écrivait une dans sa tête à mesure que l'année avançait. Je suis allée un peu plus loin en inventant plutôt une idylle.

J'ai commencé par sélectionner deux garçons dans un séminaire, à la fin des années quatre-vingt-dix ; ils sont aujourd'hui mariés et les heureux pères de deux enfants. Ils forment mon plus beau couple mais, d'année en année, j'en vois assez souvent d'autres qui se forment et vont jusqu'à flirter pendant les cours.

– Je vais faire l'appel, parce que j'aimerais apprendre les noms de chacun d'entre vous. Nous sommes destinés à nous rencontrer régulièrement cette année, alors j'espère que personne n'y verra d'objection. De toute façon, le meilleur moyen d'écrire ensemble consiste d'abord à se connaître un peu les uns les autres.

Celui qui tire la tronche s'appelle Victor. Je ne l'oublierai pas. La fille anxieuse, c'est Azalea, mais elle se dépêche de préciser qu'on peut se contenter de Lea.

Quant au dernier arrivé, c'est Gabe. Il dégage une tranquillité qui me plaît aussitôt. Je lui dirais bien de se tenir droit, mais j'imagine que sa mère passe sa vie à le faire.

Il y a une fille qui s'appelle Hillary et qui fait tout ce dont on peut croire capables les Hillary. Du moins avant Hillary Clinton qui a su chasser mes préjugés sur ce prénom. À commencer par les longs cheveux agités d'un coup de tête ou l'accent californien. Cette fille me fait revenir vingt ans en arrière.

Ils sont nombreux, mais ces quatre-là ressortent nettement.

Quand j'ai fini l'appel, je reprends mon baratin.

– J'ai une théorie.

– C'est p'têtre un démon, enchaîne Lea d'une voix si douce que je l'entends à peine.

Mais elle plaque une main sur sa bouche, et je vois alors Gabe se tourner vers elle en souriant :

– Il danse, le démon.

C'est là que j'enchaîne avec ma plus belle imitation de Rupert Giles de tous les temps :

– Non c'est pas ça, je crois qu'on s'égare.

Plus personne ne semble saisir l'allusion et là, je comprends que mon couple de l'année sera bien Gabe et Lea. Le fait qu'ils aient capté tous les deux mon allusion involontaire à *Buffy contre les vampires* me permet de penser que ce sont des âmes sœurs. Et puis, je suis contente que les jeunes d'aujourd'hui connaissent Buffy.

À présent, je dois trouver un moyen pour orchestrer cette relation.

J'espère que Cole marchera. J'ai eu des assistants un peu rabat-joie dans ce domaine. Je lui jette un coup d'œil et il remue les deux mains, l'air d'avoir compris. Je sens qu'on est sur la même longueur d'onde.

Banc (sur la pelouse)

Je suis le plus vieux banc de cette pelouse et personne ne me respecte.

J'aimerais pouvoir dire que certains aspects de ce métier valent la peine. Et parfois, c'est vrai. Parfois, on reçoit un derrière pour ainsi dire parfait ; cependant, tous les postérieurs ne se valent pas, loin de là.

Celui qui est assis sur moi en ce moment même est plutôt du genre que j'apprécie ; le genre de derrière que j'inviterais volontiers à revenir si j'avais la possibilité de parler. Le plus important étant qu'il semble faire partie d'une personne qui ne cherche rien d'autre que de s'asseoir. Pas de bavardage, pas de gigotement, pas de graffitis ni de chewing-gum. Je pourrais presque le tolérer.

– Gabe, lance quelqu'un qui se pose près de lui.

Bon, je ne suis pas très fan de ces fesses-là, qui gâchent un peu ma tranquillité.

– Sam, répond le propriétaire du bon derrière.

– Tu as vu que tu te trouvais à un millimètre d'une crotte d'oiseau ?

– C'est pour ça que tu es là ?

– Non. Maman m'a donné de l'argent pour payer ton déjeuner du premier jour. Elle avait peur que tu ne manges pas assez.

– Qu'est-ce que ça peut lui faire ?

J'imagine qu'ils échangent un regard entendu, et ça semble suffire au meilleur derrière que je connaisse pour se lever et s'en aller.

Sam (frère de Gabe)

– Alors, comment se passe cette rentrée ?

Il hausse les épaules. Mon frère n'a jamais été très bavard, mais ces neuf derniers mois, il est devenu presque muet.

– Non, sérieux, il faut que tu me dises un truc que je puisse raconter à maman, sinon elle va croire que j'ai gardé l'argent pour me payer une bière ou je ne sais quoi.

– Tu n'as qu'à me prendre en photo en train de manger.

– Sinon, tu peux me raconter un détail sur ta journée.

Je lui attrape le bras pour qu'il s'arrête et me regarde.

– En tant que frère aîné, j'ai le droit de te forcer à parler.

– Bon, soupire-t-il, dis-lui que je suis plus fatigué que je n'aurais cru, mais ça arrive quand on vient de passer neuf mois allongé. Sinon, tout se passe très, très bien.

– Tu es fatigué ?

Gabe n'est pas du genre à se plaindre. Il garderait plutôt ses pensées pour lui. Mais là, il me frappe le bras.

– Aïe !

– Elle ne peut pas me le demander elle-même ?

– Elle croit que tu vas lui mentir.

– N'importe quoi ! Pourquoi on en est encore là ?

Alors qu'on est sur le point de quitter la pelouse, une fille assise sur un banc nous fait signe. Enfin, surtout à Gabe, je suppose, parce que je ne l'ai jamais vue de ma vie.

Il lui rend son geste.

– C'est qui ?

– Une fille.

– On devrait l'inviter à déjeuner ! Elle a l'air dispo.

Je me tourne vers elle, mais il me retient par mon sac à dos.

– Non, surtout pas !

– Tu ne sortiras jamais avec une fille si tu les ignores.

– Je lui ai répondu.

– Je crois qu'elle parle avec cet écureuil.

– C'est... original.

– Comment tu la connais ?

– Elle fait partie de mon atelier d'écriture créative.

- Oh, cool ! Le cours s'est bien passé ?

- Oui, répond-il en souriant. À part le fait que j'ai failli arriver en retard parce que je ne savais pas que ça se trouvait au deuxième sous-sol.

- Ah oui ! Les classes d'en bas. Moi aussi, j'y ai eu droit. Tout le monde en parle, mais on n'est pas beaucoup à y être passés. J'ai entendu dire qu'un clan de sirènes vivait dans les toilettes.

À ma grande surprise, Gabe éclate de rire. Ce n'est pourtant pas une blague extraordinaire, et lui n'est plus vraiment du genre à s'esclaffer pour un rien. Ce n'est plus Gabe. J'ai bien essayé d'expliquer ça à maman, mais je ne suis pas sûr qu'elle comprenne. Elle estime devoir en faire davantage, sauf qu'elle fait déjà le maximum. C'est à Gabe, maintenant, de s'occuper de lui-même.

- En plus, la prof a l'air cool et les autres étudiants semblent sympas. Ça devrait bien se passer.

En arrivant devant le resto, j'essaie d'obtenir une dernière confidence même si je sais que ça risque de le mettre hors de lui.

- Tu as le droit d'en parler, tu sais.

Il lève les yeux au ciel.

- Oui, je sais.

Écureuil !

Je repère une fille en train de manger des cacahuètes. J'adore les graines.

Graines, graines, graines !

Glands !

Je saute à travers la pelouse en essayant de me montrer aussi mignon que possible ; avec un peu de chance, elle en laissera tomber une. Ça ne sera pas perdu pour tout le monde.

Elle me voit et sourit.

J'y suis ! Youpi !

Elle laisse tomber volontairement une cacahuète par terre et je la mange.

Puis, elle en lâche une sur le banc où elle est assise.

C'est un piège ?

Je prends mon temps pour finir la première, tout en observant la fille ; je veux vérifier si elle n'a pas un filet ou une cage sous la main pour me capturer.

Apparemment, la voie est libre, alors je saute sur le banc.

Elle regarde deux garçons qui arrivent du fond de la pelouse.

– Tu crois qu'ils sont frères ? me demande-t-elle. Ils ont les mêmes yeux, et peut-être le même nez, c'est difficile à voir d'ici.

Je reste assis très droit, sur mes gardes. Elle me parle. Personne ne me parle jamais. Oh, j'aimerais tellement connaître un humain afin de pouvoir lui répondre !

Au lieu de quoi, je grignote ma cacahuète.

Victor (étudiant en écriture créative)

Je déteste tout ce qui a trait à ce cours idiot. On n'en est qu'à la première semaine du trimestre et il m'empoisonne déjà la vie.

Je déteste les plaisanteries niaises de la prof, je déteste cette salle, je déteste les autres étudiants, à commencer par ces deux ahuris qui s'obstinent à s'asseoir à côté de moi à chaque cours et me donnent envie de m'arracher les yeux avec mon porte-mine.

Je respire un grand coup. Il faut que je me calme. Il faut que je réussisse cette fois. C'est mon seul cours de littérature cette année. J'en ai besoin pour obtenir mon diplôme. Ainsi je n'aurai plus à m'en préoccuper l'année prochaine quand j'entamerai l'internat.

Sérieusement, je me doutais que je rencontrerais plus d'un crétin dans ma matière principale – les informaticiens peuvent être de sacrés débiles –, mais tous ceux-là font carrément partie des pires enfoirés à l'ouest du Mississippi. Ils se prennent pour de grands esprits. Ils en sont loin.

Et si ce mec derrière continue à balancer des coups de pied dans ma chaise, ça va mal finir. Je ne pourrai sans doute pas l'affronter physiquement, mais qu'il ne cherche pas à jouer au plus bête avec moi !

C'est là qu'il tape encore. Je me retourne pour le fusiller du regard. Il se redresse, étend ses longues jambes maigres dans l'allée et s'en prend à la fille assise à côté. Ou du moins à son sac qu'il renverse.

Ça ne m'étonne pas. Jamais je n'avais vu de si grands pieds. Finalement, ils vont de pair avec le cou d'une incroyable longueur de la fille.

Il ne se rend pas compte qu'il ferait mieux de l'aider à ranger son sac, s'il voulait seulement tendre le bras ? On dirait le monstre de Frankenstein, tout en mouvements et sans articulations.

Je me bouche mentalement les oreilles alors que Grand Pied bafouille des excuses et que Girafe couine que ce n'est pas grave.

Je les déteste autant l'un que l'autre.

Combien de temps encore avant la fin de l'année ?

Bob (conducteur de bus)

Chaque jour, j'ai des centaines de jeunes qui montent dans mon bus et en descendent. Certains sont adorables, d'autres sont de parfaits abrutis, beaucoup passent inaperçus. Certains font du bruit gentiment, d'autres nous cassent les oreilles. Il y en a toujours quelques-uns qui restent debout. Parfois, c'est juste parce qu'ils ne pensent qu'à se faire remarquer, mais parfois, c'est une simple affaire de logistique, par exemple pour descendre à un stop. Ma femme, Margie, s'intéresse à chacun d'eux.

Ces derniers temps, je lui ai raconté plein d'histoires sur ces deux jeunes, un garçon et une fille.

Ils ne sont pas tout à fait comme les autres.

J'ai repéré le garçon, car il s'accroche curieusement à la barre de maintien. Étonnant comme on peut être un expert à la barre, alors que ce garçon fait tout de travers. Il est bizarre au point que ça en devient parfois gênant. J'aimerais lui apprendre à se détendre un peu.

Il y a deux jours, pourtant, je me suis rendu compte qu'il parvenait à s'immiscer de temps à autre dans l'espace personnel de la fille, ce que je le vois faire même quand le bus est à peu près vide. Mais il ne va pas jusqu'à s'asseoir à côté d'elle ; on dirait qu'il est juste content de se tapir derrière elle.

La fille, c'est une autre histoire. Je repère toujours les lecteurs dans mon bus. En ce qui me concerne, je ne peux pas lire dans un véhicule qui roule. Ça me donne mal au cœur.

Pourtant, elle, elle lit tout le temps. Et lui, il s'accroche comme s'il avait mal au bras. Et je reste assis dans les parages et je pense à eux.

Au terminus, ils descendent ensemble, bien qu'ils ne s'adressent pas la parole. Tous deux me remercient, ce sont à peu près les seuls qui le fassent. Ça me fait plaisir, et je trouve qu'ils devraient se parler, mais j'imagine que je n'ai pas le contrôle sur ce genre de chose.

Je les suis des yeux, alors qu'ils se séparent ; elle prend la direction de la résidence universitaire tandis qu'il continue vers le foyer des étudiants.

C'est là qu'un de ces petits démons derrière eux s'écrie :

– On se sépare déjà ?

Certains de ces jeunes sont de vrais abrutis.

Casey (ami de Gabe)

Je suis à moitié endormi quand on frappe à la porte de ma chambre. Je jure que si c'est encore le nouveau mec de la piaule à côté de la cuisine, je vais péter un plomb. Je ne fais aucun bruit puisque je suis en pleine sieste ; il a l'air de me prendre pour une bestiole envahissante.

Je me tourne vers le pied du lit, tends le bras vers la porte. Les piaules minuscules ont au moins cet avantage qu'on n'a pas besoin de quitter son lit pour ouvrir à quelqu'un. C'est Gabe qui apparaît, l'air étonné de ne voir personne debout en face de lui.

– Salut ! dis-je en m'asseyant.

Cette fois, il m'aperçoit et me sourit.

– Je pigeais pas comment cette poignée avait pu se tourner, commente-t-il en laissant tomber son sac à dos. J'ai presque cru que tu l'avais accrochée à un fil.

– Trop compliqué pour moi.

– Comment ça va ?

– Pas mal. Je faisais la sieste.

– Désolé ! J'aurais dû t'envoyer un SMS. Je te laisse.

Ça, c'est du pur Gabe. Il a toujours l'impression qu'il va gêner, il ne se rend pas compte que, parfois, on aime être dérangé.

– Non, non, assieds-toi.

Il obéit et prend place sur ma chaise devant l'ordi. Quand j'ai fait sa connaissance, dès ma première année d'université, j'avais déjà partagé ma chambre pendant plusieurs mois avec son frère, Sam. Rien de plus différent que ces deux-là. Quand Gabe est venu passer un week-end avec nous pour voir si la fac lui plaisait à lui aussi, je n'arrivais pas à croire qu'ils étaient de la même famille.

Là où Sam se montre expansif, presque effronté, Gabe est facile à vivre, facétieux. Mais, malgré un caractère plus réservé, l'ambiance devenait vite barbante sans lui. Je m'arrangeais pour le lui rappeler chaque fois que je suis allé le voir l'année passée.

Il se mordille le pouce. Collé contre le mur du fond, je lui demande :

– Comment ça va ?

– Très bien. Je rentre de mon cours d'écriture créative et il y a une fille qui a totalement... retenu mon attention.

– Cool ! Mais tu sais très bien que je ne voulais pas dire ça.

Je le connais, il peut parler de tout et de rien, mais je veux qu'il sache que je suis toujours prêt à l'écouter.

– D'accord, dit-il. Sauf que je préfère oublier pour le moment.

– Ah, compris. Alors raconte, pour cette meuf.

– C'est pas une meuf.

– Raconte pour cette nana, cette meuf, cette nénette du vendredi.

– Tu es vraiment infect.

– Je sais.

– C'est juste une fille de mon cours, elle est cool et je n'arrête pas de me dire que je devrais lui parler. L'autre jour, j'ai renversé son sac à dos et, au lieu de me faire la gueule, elle souriait et a dit que ce n'était pas grave.

– Comment elle s'appelle ?

– Lea.

Bizarre. D'habitude, Gabe et moi, on ne parle pas de filles. Ou plutôt : moi j'en parle, mais lui, il écoute, hoche la tête et me répond que je suis un véritable obsédé. Un temps, j'ai pensé qu'il était peut-être asexué, et puis j'ai compris qu'il était trop timide pour savoir s'y prendre avec elles ; du coup, il préférait s'en passer.

– Lea... Tu vas réussir à prononcer un mot devant elle ?

– Qui te dit qu'elle n'est pas déjà dehors à m'attendre dans une Lamborghini dernier cri, et qu'on ne va pas partir se balader jusqu'au coucher du soleil ?

– Toi ? Tu n'achèterais jamais une Lamborghini. Ça ne se fait plus.

– D'accord, tu as raison. Je ne lui ai jamais adressé la parole. Enfin, pas vraiment. Je me suis vaguement excusé quand j'ai renversé son sac, mais de là à discuter...

- C'est pourtant ce que vous devriez faire.

- Peut-être. Mais peut-être que ce serait aussi marrant de l'aimer de loin et de m'inventer des histoires avec elle, comme si on sortait ensemble ?

- Genre, tu la suis partout ?

- Appelle ça comme tu voudras, rétorque-t-il, l'air grave.

- Écoute, je ne vais pas jouer les grands frères avec toi...

- Au fait, arrête d'évoquer sans cesse mon « grand frère ». Je n'ai aucune envie de mêler Sam à ça. Il se ficherait de ma gueule. Ou pire, il raconterait tout à notre mère et elle irait commander des fleurs pour le mariage.

- D'accord, mais ça risque d'être compliqué vu que je partage ma chambre avec lui.

Gabe jette un coup d'œil sur le lit de Sam.

- Il n'est pas près de revenir, on dirait.

- Non, il a du boulot je ne sais où.

- Bon. Alors, ton conseil fraternel ?

- Si tu veux qu'il se passe quelque chose il faudrait d'abord qu'elle sache que tu existes et qu'elle te plaît. En tout cas, évite quand même pas de la suivre partout.

- Ça marche. Merci.

Là-dessus, il change de sujet.

Maxine (serveuse)

Les gens me demandent toujours :

– Maxine, comment peux-tu faire encore ce métier alors que tu as largement dépassé les soixante-dix ans ?

Je leur réponds que ça entretient ma jeunesse. Sans préciser que j'ai déjà quatre-vingts ans. Je travaille dans une ville universitaire, avec des jeunes dehors à toute heure du jour et de la nuit, toujours affamés, toujours à crier « salut Maxine ! » quand ils m'aperçoivent. J'ai l'impression d'avoir un million de petits-enfants, avec tous les avantages et sans les inconvénients.

En ce joli vendredi de fin septembre s'achève le premier mois de cours. Le temps passe trop vite à cette époque, la clientèle va et vient sans cesse. Pourtant, ce soir, le calme règne.

Un groupe de filles occupe un box, dans un autre, c'est un groupe de garçons. J'en connais quelques-uns, surtout parmi les garçons. Ils font partie de l'équipe de base-ball, parfois, ils peuvent se montrer un peu voyous, mais ce sont de gentils gamins, bien élevés. Du genre qui ne fait pas peur aux filles.

Peut-être que la prochaine fois, je vais les installer ensemble sans le faire exprès. Ça m'est arrivé à plusieurs reprises et ça a toujours donné de bons résultats. Mais mon patron n'aime pas trop ça. Il dit que ça ne me regarde pas, que je ne dois pas me mêler de la vie des autres. À quoi je réponds :

- Bof ! On n'est pas à Buckingham Palace, non plus !

Les deux groupes sont si polis que ça me réchauffe le cœur. Plein de « s'il vous plaît », et de « merci ». J'ai même parfois droit à quelques « madame », ce qu'on entend de moins en moins de nos jours. De mon temps, c'était normal.

Mais je digresse.

J'ai particulièrement remarqué deux de ces petits mignons, car ils se jettent des regards langoureux chaque fois qu'ils croient qu'on ne fait pas attention à eux. Mais, dès que leurs voisins se manifestent, ils détournent les yeux.

C'est tellement chou que je ne sais pas quoi en penser.

Alors, je leur apporte une part de gâteau en plus, en espérant que ça leur donnera envie de revenir ici.

Danny (ami de Lea)

- Quoi de neuf, poupée ?

J'arrive derrière Lea et lui tapote les fesses.

- Danno ! s'écrie-t-elle en virevoltant vers moi. Tu m'as trop manqué !

- Pourquoi il nous a fallu des semaines avant de nous retrouver ?

– Aucune idée.

On s'assied sur le banc en évitant soigneusement la crotte d'oiseau. Ce soir, c'est dîner d'anciens du lycée, mais il nous reste encore un peu de temps. Avec Lea, nous avons beaucoup joué au théâtre ensemble et j'ai été enchanté d'apprendre qu'elle entrait dans la même université que moi.

– Alors, ça va la vie ?

– Bien, répond-elle avec un large sourire.

– Tu es renversante.

– Avec ce vieux machin ?

Elle ouvre le cardigan qu'elle a acheté en solde cet hiver avec moi.

J'éclate de rire.

– Et toi ? me demande-t-elle. Comment va la vie en troisième année ?

– Bien. Je ne crois pas que la première année soit tellement différente de toutes les suivantes. Tu sais, nouveau rythme par trimestre, nouvelles salles de classe, et tout...

En même temps que je parle, je regarde machinalement autour de moi. Soudain, je lui saisis le bras.

– Oh mon Dieu !

– Quoi ? s'écrie-t-elle. Une punaise ? Un rat ? Un cafard ?

Je me penche pour lui souffler à l'oreille :

– Non. Le garçon de mes rêves.

Je lui tourne la tête vers le chemin d'où il arrive.

– Ah bon ? murmure-t-elle. Gabe Cabrera est le garçon de tes rêves ?

– Complètement ! Il est extraordinaire. L'un de mes colocs partageait la même résidence universitaire que lui, la première année, ce qui fait qu'on se retrouve parfois aux mêmes réunions. Un jour, il a complètement flirté avec moi.

– Waouh !

– Il est trop charmant, du genre de ces gays qu'on n'attendait pas au tournant. Genre tu ne sais pas qu'il est gay et le voilà qui surgit, et GAY !

– Je ne savais pas qu'il était gay.

– Oh que si ! Une fois, il a dit qu'il aimait mon jean.

Je la prends par la main.

– Et si on le suivait un peu ? On a au moins vingt minutes avant le rendez-vous au restaurant.

– Bon, d'accord.

Il n'est pas allé très loin. Il a tout juste atteint le trottoir qui part de la pelouse vers le bout du campus.

– Parle-moi de Gabe, demande-t-elle en marchant. Il fait partie de mon atelier d'écriture créative.

– Atelier d'écriture créative… ça en jette !

– C'est cool, hein ?

Elle passe son bras sous le mien, se rapproche.

– Trop cool, dis-je. Je croyais qu'il avait pris une autre matière principale, genre éducation physique. Il fait partie de l'équipe de base-ball, ou il en a fait partie, non ? Enfin, bref. Je l'ai toujours vu dans les parages, et puis il a disparu de la surface de la terre. Voilà près d'un an que je ne l'ai pas vu.

Je commençais à craindre qu'il n'ait terminé ses études ou qu'il n'ait changé d'université… ou qu'il n'ait laissé tomber.

– Ne parle pas si fort, murmure-t-elle. Je crois qu'il peut t'entendre.

Elle a raison, je devrais être plus discret.

– Il m'excite tellement ! Pour moi, c'est le garçon mystérieux par excellence.

– Je crois qu'il l'est pour tout le monde, observe-t-elle.

– En effet. Et ça me plaît. Ce doit être pour ça que je suis encore obligé de faire le premier pas.

Elle hoche la tête, l'air de comprendre. Je change alors de sujet :

– Au fait, j'ai oublié de te demander, comment est ta camarade de chambre ?

– Très bien ! Elle s'appelle Maribel. Elle est très moqueuse, mais pas méchante du tout. Elle a des cheveux incroyables. J'ai tout le temps envie de les toucher.

– Tu as de beaux cheveux, dis-je en tapotant sa coupe au carré.

– Pas comme Maribel.

Lea plisse le nez en soulevant un petit problème :

– Elle veut qu'on fasse de fausses cartes d'identité.

– Mais c'est une excellente idée ! Comme ça, tu pourras tout le temps sortir avec moi ! Du moins, dès la fin du mois prochain, quand j'atteindrai enfin mes vingt et un ans.

– Tu n'en as pas une fausse, toi ?

– Bof, ça ne m'a pas l'air indispensable. La plupart des clubs acceptent les plus de dix-huit ans. Et ça m'est égal de ne pas boire. Sans compter qu'avec mon anniversaire en octobre, je reste le plus vieux de la bande.

Elle sourit. Je reprends le fil de mes idées :

– Pour en revenir à ce qui nous intéresse, personne ne sait vraiment où était passé Gabe. Enfin, sauf ses amis, sans doute, mais je me plais à imaginer qu'il voyageait dans le monde ou s'occupait d'un parent mourant ou quelque chose de romantique comme ça.

– Ça ressemble à l'intrigue de *Dix bonnes raisons de te larguer.*

– Repose en paix, Heath, dis-je automatiquement. Mais, oui, c'est sans doute un truc plus barbant, genre ses parents n'avaient pas assez d'argent, ou alors il a commencé par aller ailleurs et il a détesté.

– On devrait plutôt se dire qu'il voyageait.

– Attends, dans ce cas, ça n'aurait pas été un secret !

– Comment tu fais la différence entre un secret et un truc que tu ne savais pas ?

– Euh, ma coloc, Maureen, que tu vas bientôt rencontrer, vivait au même étage que lui et, même s'ils n'étaient pas très proches, elle connaît des gens qui le fréquentaient, mais ils restent toujours très vagues sur ce qu'il faisait avant.

– Ah ! marmonne Lea, dubitative. Parce que tu l'as envoyée enquêter ?

– Bon, je ne sais pas trop si Momo leur a jamais posé la question directement, mais j'imagine...

– Il était peut-être en désintox.

– Il n'a pas l'air d'un mec qui se drogue. Cela dit, s'il faisait partie de l'équipe de base-ball, il prenait sans doute des stéroïdes ou des machins de ce genre.

– Ou alors des antalgiques. Ou de l'aspirine.

– C'est pas une drogue !

– Tu sais que, parfois, tu n'es pas drôle. On ne peut pas plaisanter avec toi !

Je renverse la tête en arrière pour mieux rigoler, avant de reprendre dans un soupir dramatique :

– C'était peut-être de la meth. Ou alors, il fait une addiction au sexe.

– Non, vrai, Dan. Si c'est l'homme mystère que tu prétends, il devait être à l'étranger, à travailler comme tatoueur pour la reine d'Angleterre, ou je ne sais quoi.

– Ce qui nous amène à la question : quel genre de tatouage peut bien porter la reine d'Angleterre ?

– Un corgi couronné ! s'esclaffe-t-elle. Et Gabe, alors ?

Celui-ci se trouve maintenant à plusieurs pâtés de maisons devant nous, car on marche plutôt lentement, mais on aperçoit encore sa silhouette dans le lointain.

– Le portrait de sa maman, dis-je.

– Voilà, sur le biceps.

– Exactement.

– Tu es sûr qu'il est gay ? reprend-elle, d'un air tristounet.

– Certain. Sauf si mon gaydar est en panne, mais ça ne m'arrive pas souvent.

– Bon, dans ce cas, notre mission va consister à vous faire rencontrer tous les deux. Et à découvrir la raison de sa mystérieuse disparition l'année dernière.

– D'accord.

Je lui serre la main pour conclure le marché. Puis, on se dirige vers le dollar tacos de la Casa del Sol.

Pam (épouse d'Inga)

– Maintenant que les cours ont repris depuis quelques semaines, je voudrais savoir quel est ton couple de l'année.

On vient de se mettre à table pour notre dîner du vendredi soir. Il est assez rare que nous mangions ensemble mais, quand ça se produit, c'est toujours le vendredi.

– Attends, je ne t'en ai pas encore parlé ? s'exclame Inga. Il s'agit cette fois d'un garçon et d'une fille, Gabe et Lea. Quand je te dis qu'ils sont adorables, c'est la pure vérité.

– Sauf que c'est ce que tu dis de tout le monde.

Elle lève les yeux au ciel tandis que je sirote mon vin.

– Ils sont tous adorables, seulement ces deux-là ont quelque chose en plus. Je crois que je les aurais repérés partout, pas seulement en cours.

– Je t'ai déjà entendue dire ça.

– Je sais ! Mais ils m'ont fourni des preuves irréfutables. Elle a lu une courte dissertation devant la classe, l'autre jour, et je peux te dire qu'il en est vraiment resté bouche bée.

– Peut-être qu'il sortait de chez le dentiste.

– Pourquoi tu fais toujours ta rabat-joie ? Ils ont une histoire qui les rapproche, c'est indéniable. Ils ont cette chimie impossible à ignorer. Je ne sais pas trop à quoi elle correspond, mais je vais tout faire pour réunir ces deux-là.

Je ne peux m'empêcher de sourire. Ma compagne adore former des couples.

– Ou déjà pour qu'ils se parlent.

– Déjà.

Elle ne remarque même pas l'ironie et poursuit :

– Ils s'asseyent l'un à côté de l'autre à presque chaque cours. Quelquefois, Victor se glisse entre eux.

– Maudit Victor ! dis-je en levant le poing. Qui est-ce, au fait ?

– Un étudiant qui a dû prendre cette option pour se la couler douce.

– Ah, je vois !

– Il a eu le culot de venir me trouver pour que je change quelque chose au programme à cause de son emploi du temps. J'avais envie de le gifler.

– Il y en a toujours un.

– Celui-ci m'évoque le jeune Indien dans *Lolita malgré moi*...

– Kevin G., dis-je aussitôt.

– Oui ! Mais en plus effrayant. J'ai toujours peur qu'il ne mette le feu quelque part. Il est comme un cloaque au milieu de mon oasis d'écriture créative.

– Je vois le genre.

– De toute façon, ils donnent parfois des signes qui ne trompent pas. Quand l'un d'eux dévisage l'autre comme sur le point de dire quelque chose et se détourne brusquement alors que l'autre sent que quelqu'un les observe.

– Beuh ! Ça tombe trop mal.

– C'est la pire des situations. Mais Gabe et Lea vont tomber amoureux l'un de l'autre, n'en doute pas, assure-t-elle en ponctuant ses paroles de tapotements du doigt.

– Je ne doute pas de tes paroles.

On continue à manger un peu en silence.

– Alors, quoi de neuf dans le monde de l'astrophysique ? s'enquiert-elle.

– On est mariées depuis cinq ans et tu n'as toujours aucune idée de ce qui m'occupe toute la journée.

– Non, effectivement.

OCTOBRE

Charlotte (une barmaid)

En ce début de matinée pourrie, je me retrouve coincée à faire le service toute seule ; pratiquement la pire chose qui me soit arrivée de toute ma carrière au Starbucks. C'est à cause de cette nouvelle gérante ; elle n'a pas l'air de comprendre que je dois toujours travailler avec Tabitha ou Keith. On se complète les uns les autres, ça nous évite d'avoir trop envie d'étrangler les clients.

Et là, qui vient d'entrer ? Gabe le loser. Parmi les joies du travail chez Starbucks, il y a cet intéressant, ce terrible prodige : on connaît le vrai nom des clients. Malheureusement, ils connaissent aussi les nôtres. Ça fait longtemps que Gabe vient ici, quoiqu'on ne l'ait pas beaucoup vu, ces derniers temps. Pour un peu, il m'aurait manqué, mais le revoilà, plus distrait que jamais. On dirait même qu'il parle tout seul.

Tabitha et Keith prétendent que Gabe est une sorte de perle rare, le garçon le plus mignon, le plus timide, le plus extraordinaire du monde. Personnellement, je les trouve idiots. Ce gamin est tout simplement cinglé.

– Bonjour, lui dis-je alors qu'il s'approche de la caisse.

J'essaie en vain de lui décocher mon plus beau sourire Starbucks.

Comme il ne répond pas, les yeux fixés sur ses chaussures, j'insiste :

– Salut !

Rien.

– Hé, mon pote !

Je cherche autour de moi un truc pour attirer son attention.

La fille qui attend derrière lui balance un petit coup de coude.

– Oh, pardon ! me marmonne-t-il.

– Pas grave...

Tu parles, je n'en pense pas un mot.

– Qu'est-ce que je peux faire pour vous ?

– Un double expresso avec de la place pour le lait.

– Sumatra ou Pike Place ?

Normalement, je parierais pour Pike Place, mais Gabe les mélange parfois.

Il me dévisage comme si je parlais chinois, alors que c'est la question la plus ordinaire pour ce genre de commande. Je répète :

- Sumatra ou Pike Place ?

Je hurle presque. Ça devient ridicule. Il regarde ma bouche comme s'il essayait de lire sur mes lèvres.

- Je ne comprends pas ce que vous dites.

Je désigne les pots derrière moi, où sont inscrits les noms « Sumatra » et « Pike Place ».

- Oh, dit-il, un Sumatra ce sera parfait.

Je m'en veux un peu, tant il a les joues rouges et cligne des yeux en me tendant sa carte.

Franchement, je me demande ce que Tabitha voit en lui pour l'aimer tant que ça. Elle devrait pouvoir trouver mieux.

- Merci, marmonne-t-il quand je lui tends sa commande.

Il sort quelques pièces de sa poche, en guise de pourboire. Je me retiens de le remercier ardemment pour ses soixante-dix centimes. Quand j'aurai raconté ça à Tabitha et Keith...

Victor (étudiant en écriture créative)

Je ne comprends pas quelle sorte d'horreur j'ai dû commettre dans une autre vie pour être aujourd'hui forcé de supporter ce genre de châtiment.

Pourquoi Grand Pied et Girafe s'installent-ils toujours à côté de moi ? Pourtant, je ne cherche en rien à les attirer, juré.

J'en ai marre de jouer les chaperons dans leur parade amoureuse de déglingués. Commencez déjà par vous parler ! Vous êtes à la fac ! Arrêtez de jouer les midinettes effarouchées. Ça devient lamentable.

Je me demande ce que Grand Pied ferait si j'invitais sa nana à dîner devant lui. Peut-être qu'il me balancerait des coups de pied.

– Victor ?

C'est Inga qui me tire de mes pensées. Elle se croit trop cool avec ses lunettes dernier cri, ses petits gilets et ses cheveux blonds hérissés.

– Oui ?

– À votre tour de nous exposer votre projet de récit.

Je ferais mieux d'envisager des solutions créatives en vue de me tirer de cet atelier. C'est autour de ça que devrait tourner mon projet de récit.

Inga (professeur d'écriture créative)

Un étudiant quitte mon bureau et j'ai la joie d'apercevoir Gabe et Lea qui m'attendent dans le couloir. Quand ils s'avancent vers la porte qui s'ouvre, j'en profite pour lever un doigt, comme pour leur demander de m'accorder une minute, en fait pour les inciter à patienter un peu plus ensemble.

Je ferme la porte, pianote sur mon bureau en tendant l'oreille au cas où ils se parleraient.

Je compte jusqu'à trente.

Certes, ce n'est pas une attitude professionnelle du tout, mais je ne peux m'en empêcher.

Je recompte jusqu'à trente.

Toujours pas un mot dans le couloir. Je rouvre la porte en soupirant.

– À qui le tour ? dis-je sans parvenir à réprimer un sourire.

– Les dames d'abord, lance Gabe.

À croire que nous sommes tous les trois surpris par sa noblesse. Il s'adosse maladroitement au mur, regarde ailleurs.

– Très bien, dis-je. Entrez, Lea.

Nous bavardons quelques minutes. Je lui confie à quel point j'ai été impressionnée par ses phrases d'introduction pour une nouvelle.

Elle se redresse, sourit à ce compliment.

– Merci, je ne savais pas trop à quoi ça aboutirait. Je me sens un peu... trop jeune, à vrai dire.

– Vous êtes en première année ?

– Oui.

– Je connais beaucoup de premières années qui écrivent mieux que des étudiants plus expérimentés. Je ne crois pas que l'âge joue un grand rôle dans l'écriture. Le temps peut certainement vous aider à progresser, mais sans aucune limite d'âge. Quand on écrit bien, on écrit bien.

– Ça me fait plaisir d'entendre ça.

– Vous êtes-vous fait des amis au cours ?

Bon, là je pousse un peu trop loin dans mon intérêt personnel.

Elle plisse le nez, jette un coup d'œil vers la porte.

– Pas vraiment. Il y a bien ce type, Gabe, il est sympa, mais je ne sais pas s'il cherche des amis.

Je souris, mais serre les lèvres afin de ne pas laisser échapper quelque chose du genre : « Je le savais ! »

Simplement, je soupire :

– C'est toujours bon de se trouver des partenaires critiques. Nous en reparlerons plus tard.

– Très bien, dit-elle en se levant.

– C'est tout ? Vous n'aviez aucune question à poser ?

– Non. Je voulais surtout vérifier si j'étais au niveau et vous me l'avez vite confirmé. Alors, merci.

– Parfait.

Tout d'un coup, une lumière scintille dans mon esprit :

– Pourriez-vous m'envoyer Gabe ?

Ainsi, elle sera bien obligée de lui parler.

Elle ouvre la porte et lui fait signe d'entrer sans dire un mot. Au moins, j'imagine qu'elle lui sourit. Ces deux-là sont si peu loquaces qu'ils vont me détester.

Il s'installe dans le siège en face de moi, s'affale sans dire bonjour, comme s'il continuait de se répéter un discours qui pourrait bien le faire exploser s'il ne le lâchait pas au plus vite.

– J'ai peur de toujours écrire trop de choses, explique-t-il en hâte.

– Ce n'est pas forcément un problème.

– Même quand il s'agit juste de rédiger une nouvelle ?

– Certes, il vaudrait mieux ne pas s'étaler sur cinq mille mots quand on n'en demande que deux mille mais, si vous le désirez, nous pourrions approfondir cette question ensemble. Il est toujours étonnant de constater que tant d'écrivains pourraient sensiblement réduire la masse de leurs ouvrages rien qu'en utilisant un vocabulaire plus précis ; ce qui leur éviterait de se lancer sans cesse dans d'inutiles descriptions.

Il sourit, hoche la tête.

– Avez-vous d'autres questions ?

– Ce n'est pas tout à fait une question, plutôt une préoccupation. Je vais devoir lire une rédaction devant la classe, je crois ?

– Oui, et sans doute plus d'une.

– Impossible d'y échapper ?

– Eh non !

– J'ai l'impression que je vais devoir faire plein de coupures parce que, je ne sais pas, à l'idée de partager ces textes avec des inconnus, je me sens...

– Vulnérable.

Je ne fais que suggérer cette idée, trop souvent évoquée par mes élèves.

– Oui, soupire-t-il en s'empourprant.

– C'est un peu dur, je vous le concède. Mais je ne vais pas vous conseiller d'ignorer vos impressions ni de les oublier ; cependant, il n'est pas indispensable d'écrire pour ce cours des textes qui proviennent du fond de votre cœur. Si vous estimez impensable de présenter aux autres quelques-unes de vos pages, venez nous le dire, à Cole ou à moi, nous vous vous donnerons un coup de main sans vous faire perdre de points.

– D'accord.

– Est-ce tout ?

– Oui.

– Seigneur, tout semble si facile avec vous autres, aujourd'hui !

– Vous voulez que je reste encore ?

– Non, je vais pouvoir rentrer plus tôt chez moi.

– Merci, en tout cas, pour votre aide.

Et le voilà qui repasse la porte dans un large sourire.

Je me rassieds à ma place, fais tournoyer mon siège. Bon, ce n'était pas grand-chose, mais je crois tout de même les avoir fait légèrement progresser aujourd'hui.

Sam (frère de Gabe)

La fille que Gabe a rencontrée à l'atelier d'écriture créative se balade dans les rayons de la bibliothèque ; elle a l'air complètement perdue.

Plus exactement, c'est la fille pour laquelle Gabe a craqué à l'atelier d'écriture créative.

– Salut, dis-je en la croisant pour la troisième ou quatrième fois.

– Salut.

Son regard hésitant va de l'étiquette sur l'étagère à mon visage, et retour. Je finis par lui demander :

– Je peux t'aider ?

– Tu travailles ici ?

– Oui.

– Oh ! Alors, oui sûrement.

Elle me montre le papier qu'elle tient à la main.

– Tu es un étage trop haut.

Tout en poussant le chariot des livres que je suis censé classer, je l'entraîne dans l'escalier du fond jusqu'à l'étage en dessous et lui montre le bon rayon.

– Merci beaucoup, souffle-t-elle en prenant le livre qu'elle cherchait.

– Pas de souci. Je m'appelle Sam.

– Lea.

Elle possède une bonne poigne. Je suis carrément impressionné.

– Tu connais mon frère Gabe, je crois ?

– Comment ? Non. Je veux dire...

Visiblement troublée, elle marque une pause. Elle ferait un beau couple avec Gabe.

– Bon, on a des cours ensemble, mais je ne le connais pas. Enfin... pas vraiment. On ne... on n'est pas amis.

Je hoche la tête en essayant de ne pas trop sourire, alors que je me retiens d'éclater de rire.

– Je vais lui dire.

– Non ! s'écrie-t-elle.

– Je plaisantais.

Pour la rassurer, je lui pose une main sur le bras.

– Merci encore, reprend-elle en me montrant le livre.

Je la regarde s'éloigner et je passe le reste de mon après-midi de travail à chercher comment réunir ces deux sales gosses. Au moins, ça fait passer le temps plus vite.

Écureuil !

Le meilleur, à cette époque de l'année, ce sont tous ces glands. Délicieux, étonnants, il n'y a rien de meilleur. Si vous n'avez jamais goûté un gland, vous ne savez pas ce que vous ratez. J'en parle à tous mes amis et certains me regardent comme si j'étais fou. Mais je suis juste fou des glands.

Je vois un garçon et une fille. Une fois, la fille m'a donné des cacahuètes, et elle regarde tout le temps le garçon. Il la regarde aussi. Mais ça ne tombe jamais au bon moment. Sauf, aujourd'hui, où leurs yeux se croisent, et ils sourient tous les deux si fort qu'on dirait qu'ils rient.

J'espère qu'ils rient.

J'espère qu'ils aiment les glands. Je devrais peut-être leur en jeter. Non, mauvaise idée. Je ne veux pas perdre mes glands. Je ne les partage avec personne. D'accord, je suis un méchant écureuil, mais je n'aime pas partager mes glands.

D'ailleurs, ça doit faire de moi un bon écureuil. Un super-écureuil. Par définition.

Hillary (étudiante en écriture créative)

– Nous allons commencer notre première rédaction critique à long terme, déclare Appelez-moi-Inga par ce pluvieux jour d'octobre.

Elle paraît complètement emballée, comme si c'était la plus belle chose qui puisse nous arriver depuis l'invention de la typographie.

– Au cours des semaines à venir, nous allons rédiger une série d'histoires simples, d'un millier de mots chacune. Vous travaillerez par paires afin de voir comment s'y prennent les autres, puis vous changerez de partenaires. J'estime indispensable que chacun apprenne de chacun.

Je me redresse, lève la main sans attendre l'heure des questions :

– Quels sujets peut-on traiter ?

– Je pense à quelque chose de simple, comme un souvenir d'enfance. Il peut être triste, gai, drôle, mais doit tenir en mille mots. Il ne doit pas être forcément très personnel. Si vous pensez tenir un sujet, venez me voir à la fin des cours. Je ne vous demanderai aucun détail, mais on pourra en discuter ensemble.

Pour tout dire, c'est ce que j'admire chez Appelez-moi-Inga, même si elle peut se montrer raide comme un piquet. Elle est consciente des limites des gens. Genre : et si j'ai subi des abus sexuels dans mon enfance, à quel point mon inconscient est-il encore marqué ?

– On peut choisir nos partenaires ?

– Bien sûr. On n'est pas en maternelle.

Elle sourit comme si elle venait de dire quelque chose de super-intelligent. Décidément, je ne l'aime pas, même si je la respecte.

Je me passe les mains dans les cheveux, regarde la classe. Bonne nouvelle, on forme un nombre impair. Mais je n'ai aucune envie de me retrouver coincée avec ce bouffon de Victor. J'ai passé l'année à lorgner Gabe, le plus mignon de tous, alors je me penche vers le siège vide entre nous. Il me rappelle ce motard avec qui sortait ma sœur. Trop chou. N'empêche qu'elle a eu tort de s'accrocher à lui.

– Gabe ! dis-je, comme si on était de vieux amis.

Il ne répond pas, alors je lui lance une boule de papier. Il sursaute, me regarde et je lui adresse un séduisant signe des doigts, style « allez, sois mon partenaire d'écriture ».

Il hausse les sourcils.

– On devrait travailler ensemble, lui dis-je en posant mon menton sur ma main.

Pour un peu, je m'en voudrais de faire appel à toute ma séduction pour ce demi-loser, sauf qu'il est trop mignon un peu malgré lui, et que ça le met dans tous ses états quand il doit prendre la parole. Si seulement il voulait bien porter des chaussures plus cool ! Qui sait ? Je pourrai peut-être lui donner quelques indications quand on travaillera ensemble. Il ne porte que des trucs sans lacets, trop ordinaires. Au moins ce ne sont pas des Crocs, déjà ça...

J'insiste :

- Alors ?

- Oh ! dit-il en regardant ailleurs. Bon, si tu veux...

Gagné.

On rapproche nos chaises.

- Avant de commencer, je voudrais te poser une question : tu es italien ? J'adore les Italiens.

- Euh... Plutôt portugais et gallois.

- Les Sud-Américains, c'est encore mieux.

Il me jette un regard de travers.

- Tu sais que le Portugal n'est pas en Amérique du Sud, quand même !

- Évidemment. Je rigole !

C'est où le Portugal ?

Inga (professeur d'écriture créative)

J'achève la distribution des sujets et je regarde Lea qui prend des notes et Gabe, derrière elle, qui contemple sa tête. Ce serait le moment ou jamais, pour eux, de devenir amis. J'espère qu'aucun n'a connu d'enfance difficile. Je crois que j'ai pris la meilleure orientation pour former mon couple préféré cette année. Rien ne vaut le partage de souvenirs d'enfance pour vous rapprocher.

Et le temps presse. Je ne crois pas avoir encore vu ces deux-là seulement s'adresser la parole. Ils passent des heures à s'épier en douce, l'air rêveur ; visiblement, ils se plaisent l'un l'autre. À croire qu'ils ont formé une société secrète d'admiration mutuelle ; il serait temps pour eux de s'en rendre compte.

Lea lève les yeux de son cahier et me sourit. C'est là que nous remarquons toutes les deux Gabe en train de bavarder avec Hillary.

Bon sang, Hillary ! Tu es cordialement invitée à ne pas te mêler de cette histoire. J'ai l'impression de voir tous mes rêves d'union entre Gabe et Lea dégringoler par la fenêtre à chaque mouvement de ses cheveux châtains trop décolorés. Non pas que Gabe ait l'air particulièrement sensible à ses ondulations, mais je ne le connais pas très bien et ne peux donc lui accorder le bénéfice du doute.

Je soupire tellement fort que j'ai l'impression d'être entendue par la moitié de la classe, si bien qu'au lieu de tordre le cou d'Hillary, je souris et me retourne, le temps de retrouver mon sang-froid.

Je me retourne pour voir où en est Lea. Ça a l'air de bien se passer pour elle. La fille assise à ses côtés semble lui parler. Mais moi, je voulais que Gabe et Lea tombent amoureux en se racontant l'anniversaire de leurs dix ans, ou comment elle s'est servie de l'édredon offert par sa grand-mère pour se fabriquer un fort imprenable. Ou comment elle s'était coincé la tête entre des barreaux de chaise ou comment il était tombé d'un toit après que sa sœur aînée lui eut dit qu'il pouvait voler. C'est cette sorte d'anecdotes qui créent des liens entre les gens, je ne fais que reprendre les devoirs que m'ont rendus mes élèves ces dernières années.

Et voilà qu'Hillary risque de tout gâcher.

Je ne savais pas que je pouvais à ce point détester ce prénom. Je me sens bouillir d'une rage digne des coups de gueule quotidiens de Victor.

Je jette un regard aimable sur Lea, qui me sourit encore, comme toujours. Hillary n'a pas fini d'entendre parler de moi.

Sam (frère de Gabe)

Je m'apprête à sortir du foyer des étudiants quand j'aperçois Gabe planqué dans un coin derrière l'escalier. Notre mère me supplie sans cesse de garder un œil sur lui, et moi je n'arrête pas de lui assurer qu'il va bien.

Je vais m'asseoir en face de lui.

– Je ne savais même pas qu'il y avait encore des bancs par ici.

Il ne semble pas relever, alors je frappe la table et il tressaille, ôte ses écouteurs.

– Je ne t'avais pas entendu, dit-il.

– Tu m'étonnes. Je disais que je ne savais même pas qu'il y avait encore des bancs par ici.

Il regarde autour de lui comme s'il ne comprenait pas de quoi je parlais.

– Ils ont dû les ajouter récemment. Mais j'aime bien cet endroit. C'est plus tranquille.

– Ça va, toi ?

– Très bien.

– Qu'est-ce que tu fais ?

– A priori, je dois retrouver ma partenaire d'écriture créative.

– Cette fille, Lea ?

– Non, une autre, très barbante. Dommage que ce ne soit pas Lea.

Il suffit de voir sa tête pour le croire. Malheureusement, le grand frère en moi montre le bout de son nez.

– Alors, elle te plaît !

Il écarquille les yeux.

– Tu lui as déjà parlé ?

– Non.

– Moi, je lui ai parlé, l'autre jour.

Ce qui semble l'alerter :

– Quoi ? Qu'est-ce que tu lui as dit ?

– Rien, je te jure.

Il me fusille du regard :

– Tu n'as pas déconné, au moins ?

– Non, juré.

– Je ne te crois pas.

– Très bien.

– Très bien.

On est dans une impasse, mais je décide de continuer quand même.

– Tu devrais lui parler. Elle est sympa.

Comme il hausse les épaules, j'insiste :

– Allez, pourquoi pas ?

– Tu sais.

Évidemment que je le sais, mais j'ai l'impression qu'il est avant tout idiot, et j'ai le droit de me dire ça puisque je suis son frère.

– Allez, reprend-il, on parle d'autre chose, n'importe quoi d'autre.

– Comment va la vie d'un mentor en résidence universitaire ou je ne sais quel titre pompeux tu portes ?

– Ce n'est pas facile. L'autre soir, il y a une fille qui est venue me voir en pleurant sur ses cours de trigo. Perso, je me suis arrêté à l'algèbre, c'était déjà assez coton. Alors, je ne savais pas quoi lui dire.

– C'est dur.

– Oui. Je m'en veux pour les étudiants, parce qu'ils ont tout de suite repéré mes faiblesses. Si je n'avais pas perdu ma bourse, ils auraient eu affaire à quelqu'un de plus efficace.

– Je suis sûr que l'université ne t'aurait pas attribué ce titre s'ils ne t'en avaient pas cru digne.

– Et moi, je suis sûr que l'université m'a attribué ce poste par pitié.

– N'empêche...

Je cherche quelque chose, n'importe quoi pour le sortir de cette spirale d'apitoiement sur soi qu'il sait si bien entretenir.

– ... tu as ta chambre pour toi tout seul.

Ça le fait rire :

– C'est vrai.

– C'est plutôt cool, non ?

– Après m'être tapé pendant trois ans un Casey qui pétait dans son sommeil, non.

Gabe éclate de rire. Tout d'un coup, je me rappelle que je n'ai rien mangé depuis des siècles et que mon frigo est vide.

– Tu m'accompagnes à la cafète ?

– Ben non, je te rappelle que j'ai rendez-vous avec la fille la plus barbante de la terre.

– Ah oui, c'est vrai. Comment tu as fait pour te la coller sur le dos ?

– C'est elle qui m'a demandé de travailler avec elle et je n'ai pas pu lui dire non. J'étais trop choqué que ce ne soit pas Lea qui me le demande et j'ai fait un blocage.

– Qu'est-ce qu'elle a de si barbant ?

– D'abord, elle croit que le Portugal est en Amérique du Sud.

– C'est vraiment dur, dis-je en riant.

– La vie est parfois très dure.

– Certes...

Je m'interromps, soudain frappé par les livres étalés devant lui et cette ride de concentration sur son front.

– Tu n'as pas besoin de la rendre aussi dure, non plus. Je sais que ça t'énerve quand je dis ça, mais... sans vouloir te vexer, tu pourrais laisser les gens t'aider un peu de temps en temps.

À son air, on le croirait au bord des larmes.

– Je sais, finit-il par répondre.

– Bon, c'est déjà ça.

– Non, je te jure. C'est même pour ça que je vois une psy.

– Bravo ! dis-je, légèrement surpris.

Je savais que nos parents l'avaient encouragé dans ce sens mais, sur le point de le féliciter, j'aperçois une fille qui vient dans notre direction, avec un sourire trop large pour être sincère.

– Je suppose que c'est elle, ta partenaire, dis-je en la désignant du menton.

– Ouais. Malheureusement.

Je m'éclipse juste à temps, après lui avoir donné une petite tape sur l'épaule. Aucune envie de rencontrer la fille la plus barbante du monde.

Frank (livreur de repas chinois)

Ce n'est pas possible, ces commandes. Elles contiennent exactement les mêmes plats pour deux personnes différentes dans deux chambres différentes de la même résidence universitaire. Il faut empêcher Lin de répondre au téléphone, elle est incapable de prendre correctement un message. Elle ne va plus travailler le dimanche soir, c'est dit.

Je passe quand même voir les deux clients. Peut-être que celui qui recevra la mauvaise commande voudra bien l'accepter ; et puis ils sauront que je suis passé. Je n'ai aucune envie de repartir les mains pleines vers le restaurant, même si ça fait un peu partie du travail.

J'attends quelque chose comme un million d'années dans le hall d'entrée en essayant de ne pas trop avoir l'air de repérer les lieux pour faire un sale coup. Mon téléphone explose. On dirait que tout le monde veut sortir aujourd'hui, mais moi, j'ai lab à neuf heures demain matin, pas question que je rate un cours où je n'obtiens que des A.

Enfin, les deux ascenseurs arrivent à la fois. Une fille émerge de l'un d'eux, un garçon de l'autre.

– Livraison ? dis-je en brandissant les sacs.

Ils s'approchent en se regardant.

– Ça vous semble possible d'avoir commandé la même chose tous les deux ?

– Des nouilles au sésame, poulet et boulettes grillées ? énonce la fille.

– Ouais, répond le garçon si doucement qu'on dirait plutôt un soupir.

Et moi, je n'en reviens toujours pas :

– C'est pas vrai !

Il hoche la tête, elle sourit.

– C'est bien la première fois que ça m'arrive. Mine de rien, voilà six ans que je m'occupe des livraisons pour mon restaurant et j'ai jamais vu ça.

– On est ravis d'avoir battu un de vos records statistiques, lance la fille.

– Parce que j'allais vous dire que vous auriez pu commander toutes ces boulettes en un seul plat. Vous en auriez eu le double pour moins cher.

Ce qui les fait sourire.

– Plus il y a de boulettes, mieux c'est, admet la fille.

Je leur tends leurs commandes et ils paient, tout en me laissant chacun un bon pourboire. En sortant, je jette un regard par-dessus mon épaule pour les voir tous les deux en train de se regarder plantés devant l'ascenseur.

Maribel (camarade de Lea)

Lea me saute littéralement dessus lorsque je rentre, dimanche soir, les mains chargées de linge propre après avoir passé le week-end à la maison.

– À moi aussi, tu m'as manqué, dis-je comme elle m'embrasse.

– Il s'est passé quelque chose d'affreux, geint-elle.

– Quoi ? Oh mon Dieu ! Qu'est-ce qui t'est arrivé ?

Je m'apprête à entendre les pires nouvelles, tout en cherchant mentalement laquelle serait la plus probable.

– Gabe habite ici !

– Et c'est affreux ?

– Non, si, enfin, je ne le savais pas. Tu te rends compte ? Depuis tout ce temps. Comment je ne m'en étais pas aperçue ? On descend toujours au même arrêt de bus. Mais je ne pensais pas qu'il habitait dans ce bâtiment. Je pensais juste à la résidence en général…

– Et alors ? Ça n'a rien d'affreux. C'est sympa d'être voisins quand on s'aime bien.

– C'est pas ça…

Je pousse un soupir en jetant mon linge sur le lit. Lea se laisse tomber sur le sien.

– Dis-moi ce qui t'arrive.

– J'ai commandé chinois, commence-t-elle.

– Tu m'en as gardé un peu ?

– Il reste quelques boulettes dans le frigo.

– Chouette !

Elle lève les yeux au ciel.

– Quand le livreur est arrivé, il a sonné pour que je descende prendre mon plat, et qui débarque au même moment ? Gabe lui-même !

– Génial.

– C'est ce que j'ai pensé aussi. Bien entendu, il n'a pas prononcé un mot tout le temps où le livreur nous a expliqué qu'on avait commandé exactement les mêmes plats et que ça ne lui était jamais arrivé. C'est quand même gênant.

J'agite un peu la main, genre « si tu le dis ».

– Et après, il s'est passé un truc encore pire.

– Quoi ?

– On attendait l'ascenseur, et on se regardait du coin de l'œil. Et je cherchais ce que je pourrais lui raconter…

– Tu aurais dû t'extasier sur son essai de la semaine dernière.

– Oui, c'est le genre de chose que ferait une personne normale.

– Ah bon ! Et qu'a raconté la personne pas du tout normale ?

– Alors cette idiote le regarde dans les yeux et déclare : « En tant que Chinoise, je peux te dire que tu as bon goût en matière de cuisine chinoise. »

– Il y a pire.

– Parce que tu crois que tu dirais une seule fois dans ta vie à quelqu'un que tu te sens mexicaine parce qu'il aime la cuisine mexicaine ?

– Bon… présenté comme ça…

Elle rabat la capuche de son sweat, tire sur le cordon si bien qu'on ne voit plus dépasser que son nez.

– Lea, je plaisante. C'est pas grave du tout. Qu'est-ce qu'il a répondu ?

– Rien. Il restait là, à ouvrir et fermer la bouche sans rien dire.

– Bon, ça aurait été plus sympa si tu l'avais félicité pour son essai, mais de là à croire que c'est fichu parce que tu lui as balancé un truc un peu bizarre…

– Pour une fois que je trouve le courage de lui parler, je lui raconte ça ! Ce n'est pas mon genre pourtant. Où est-ce que je suis allée chercher un truc pareil ?

– Tu aurais dû t'extasier sur son essai, puis l'inviter à dîner avec toi.

– Si seulement tu étais là pour me coacher dans de tels moments ! Pourquoi tu me laisses errer toute seule dans ce monde ?

– Là, je ne sais pas quoi te répondre.

– À vrai dire, si je lui avais proposé de venir dîner avec moi, je crois que ça aurait tourné au désastre. Je n'aurais jamais pu garder mon calme face à lui. J'aurais fini par évoquer mon arbre généalogique ou lui assurer que le pluriel de « cul-de-sac » est « culs-de-sac ».

– Ça lui aurait peut-être plu, dis-je en lui caressant le dos.

– Je devrais me rappeler que je ne suis pas en train de gâcher toutes mes chances. Pas besoin d'être super-cool avec lui.

– C'est ce qu'il faut te dire.

Elle se redresse en secouant la tête.

Charlotte (une barmaid)

– Tu n'as pas vu mon petit Gabe chéri, ces derniers temps ? me demande Tabitha entre deux plats.

Apparemment, elle a envie de bavarder et, même si je n'ai pas envie de travailler, je ne tiens pas vraiment à parler de Gabe.

– Je l'ai vu deux fois, poursuit-elle, mais pas récemment, alors je me disais que je pourrais vivre une rencontre par procuration. Si tu l'as vu.

– N'importe quoi !

– Il est trop chou !

– Je crois qu'il a un problème.

Je ne voudrais pas faire ma méchante, d'autant que Tabitha est plutôt gentille. On ne rencontre pas souvent des personnes comme elle et encore moins dans un Starbucks. Mais je ne voudrais pas non plus lui donner trop d'espoir.

– Sûrement pas ! s'indigne-t-elle. Il est adorable.

– Il était là il y a quelques semaines et tellement absent qu'il devait être méchamment défoncé.

Elle hausse les épaules.

– Ce n'est pas à moi de juger les gens qui se droguent.

– À dix heures du matin ?

– Il avait peut-être mal dormi.

– J'ai dû lui demander dans les quarante fois quelle taille de café il voulait.

– Arrête de ronchonner.

– Chaque fois qu'il vient ici, il a du mal à répondre aux questions les plus simples. Le coup d'avant, c'était un Sumatra ou un Pike Place, celui d'avant c'était s'il voulait qu'on lui réchauffe ses desserts. Je ferais mieux d'arrêter de lui poser des questions.

– C'est un gars tranquille. Les quelques fois où je l'ai vu ici, c'était en même temps que cette fille, Lea. Et ils sont toujours trop timides l'un devant l'autre, au point qu'ils ont du mal à se sourire. Comme si on voyait leur approche amoureuse se dérouler sous nos yeux.

– Tu passes trop de temps avec tes chats.

– Et toi la tête dans le cul.

Je prends un air outré et lui jette la buse de vapeur à la tête.

– Arrête ! lance-t-elle. Pas besoin de me poudrer le nez avec ton lait.

– Pas besoin de tes envolées poétiques sur l'amour entre un drogué et je ne sais quelle nana.

– Je les soutiens complètement.

– Tu m'étonnes.

– C'est comme quand tu veux que deux personnages d'un film finissent par se marier. Et tu les soutiens, tu veux qu'ils se retrouvent, qu'ils soient heureux et qu'ils aient beaucoup d'enfants.

– Je croyais que tu voulais garder ce mec pour toi.

– Dans mes rêves, peut-être. Mais c'est dans ceux de Lea qu'il vit. Alors, si je ne peux pas l'avoir pour moi, au moins que ce soit elle qui en profite.

– D'accord. Dis-moi, Tab, tu écris des fan fictions sur les clients du Starbucks ?

Elle me jette la buse à son tour tandis que retentit la clochette de la porte d'entrée. On se retourne ensemble pour voir qui entre. Ni Gabe ni Lea.

– Je devrais sans doute, conclut-elle avec un sourire. Je les aime bien. J'aime comment il la regarde et vice versa. Je suis sûre qu'ils feraient de très beaux bébés.

– Oh, Tab !

– J'aime bien l'idée qu'on les observe à leur insu. Je sais que ça frise le voyeurisme, mais ça me plaît. Et je ne vis pas de moments si heureux dans ma vie, actuellement, alors laisse-moi me réjouir de voir deux clients tomber amoureux !

– Désolée de t'enlever tes illusions, mais j'ai vu Gabe ici hier, en compagnie d'une fille chez qui tout sonnait faux.

– Et c'est maintenant que tu me le dis !

– J'avais oublié !

– Finalement ça n'a rien d'étonnant, marmonne-t-elle d'un ton résigné.

– Ce n'est peut-être pas ce qu'on croit. C'est peut-être une cousine.

Franchement, je me demande pourquoi je défends encore ce malotru.

Après quoi, je me remets au travail et notre conversation s'arrête là. Pourtant, je dois reconnaître qu'au cours de la journée, je pense plusieurs fois à Gabe et Lea.

Danny (ami de Lea)

Je la vois traverser la rue avec quelques amis.

C'est Halloween, et j'ai failli ne pas la reconnaître avec ses cheveux tout frisés.

- Azalea !

- Danny ! lance-t-elle en se mettant à danser sur place.

- Tu fais trop années quatre-vingt.

- C'est l'idée !

- Mais tu es B-O-U-R-R-É-E !

- À peine ; on a juste pris un ou deux verres. Maribel avait promis que ce serait sympa, et c'est sympa.

- Salut Maribel, je m'appelle Danny, dis-je en lui serrant la main.

- Salut.

- Oh ! ajoute Lea en sautillant, et elle, c'est Bianca, qui a aussi sa chambre à notre étage.

- Et vous allez où, comme ça ?

C'est Bianca qui me répond :

- Maribel sortait au lycée avec un type qui habite dans l'aile sport, où il y a plein de joueurs de base-ball.

- Oh ! Je parie que le frère de Gabe est là-bas !

- Tu parles du chéri de Lea ?

Celle-ci la foudroie du regard, tandis que je m'étonne :

- Gabe est ton chéri ?

- Non, enfin j'ai juste un petit penchant...

- Il est canon, dis-je.

- Tout à fait, mais probablement gay, murmure Lea, l'air attristée.

– Oh, console-toi, ma puce ! Il est très gentil. Ça fera un excellent copain, à défaut d'autre chose.

Mes amis m'appellent.

– Il faut que j'y aille. Mais on peut se retrouver demain au resto ? Je t'envoie un texto vers midi ?

– Oui, d'accord ! s'emballe Lea.

– Cool, cool.

Je leur adresse un signe et retraverse la rue.

Casey (ami de Gabe)

J'aime mes colocs mais, certaines soirées comme celle-ci, je regrette de ne pas avoir pris un appartement avec Sam cette année, ce qui m'aurait évité de partager une maison avec les amis et les amis d'amis pour Halloween. C'est amusant, mais il y a aussi quelque chose de gênant là-dedans. Surtout avec tous ces masques cette année. Je ne me rappelle pas avoir déjà vu tant de gens masqués à une fête.

Gabe arrive vers vingt-trois heures. Je lui avais dit d'amener qui il voudrait, mais on dirait qu'il n'en a pas parlé à ses amis.

Je m'étonne à son entrée :

– Qu'est-ce que tu apportes dans ce sac ?

– J'ai pensé que je crécherais ici ce soir. Sam a dit que c'était cool…

– Bien sûr !

Il grimpe à l'étage et j'attends son retour avant de me verser une autre bière.

– Je croyais que tu arriverais plus tôt, dis-je quand il réapparaît.

– J'ai voulu m'offrir une petite sieste, mais elle a duré cinq heures.

– Qu'est-ce que tu tiens là ?

– Ça ? demande-t-il en brandissant le plus vieux, le plus moche des masques de loup-garou.

– C'est immonde.

– Je l'ai trouvé chez mes parents. Tu m'as bien dit que c'était une soirée costumée, non ?

– Alors, tu es un loup-garou décrépit ?

– On peut dire ça. Apparemment, toutes les filles adorent les mecs de *Teen Wolf*.

– Tu connais *Teen Wolf*, toi ?

– Ce sont mes sœurs qui m'en ont parlé. Sauf si elles ont menti...

– Tu ressembles à Jason Bateman dans *Teen Wolf*.

– Tout ça parce que tu es jaloux de mes poils sur la poitrine.

Joignant le geste à la parole, il déboutonne le haut de sa chemise à carreaux.

– Et, au moins, ajoute-t-il, je me réfère à la culture populaire d'aujourd'hui et non à celle des années quatre-vingt.

– Ne fais pas comme si tu n'avais jamais vu ces films.

– Mon père les avait en VHS et on ne recevait pas le câble. Et toi, tu es déguisé en qui ?

– Moi... dis-je en m'enveloppant dans ma cape, en Batman.

– Tu portes une cape sur un jean.

– Je suis un Batman discret.

– Il va falloir retravailler ta voix de Christian Bale.

– Je joue Michael Keaton.

– Encore une référence rétro ! D'autant que tu ne ressembles pas du tout à Michael Keaton. Malgré tous tes efforts.

Il va falloir que je m'entraîne encore, mais je refuse de reconnaître ma défaite.

– Alors, tu veux une bière ?

– Bien sûr !

– Tu as besoin d'un chaperon ou je peux rester ici pour accueillir les gens et tu reviendras me chercher quand tu seras prêt ?

– C'est bon, je reviens.

Bailey, l'un de nos amis, arrive pendant l'absence de Gabe.

– Tu es déguisé en quoi ?

– Dora l'exploratrice.

– Merde. Tu es Dora l'exploratrice ?

Là, je comprends pourquoi il porte un t-shirt rose et un short orange.

– Les vêtements me sont revenus à sept dollars chez Walmart, et j'ai volé la perruque à ma tante.

– Tu aurais mieux fait de te raser les jambes.

– J'y ai pensé, mais je ne suis pas impliqué à ce point dans mon personnage.

– Belle idée, en tout cas.

J'applaudis poliment, il sourit et hausse les épaules. On hausse un peu trop les épaules entre amis.

– Où est Gabriel ce soir ? demande-t-il.

– Parti se chercher une bière.

– Il va bien ?

– Pas mal du tout. Je sais qu'on ne devrait pas trop parler de lui dans son dos et je suis sûr qu'il te le dira lui-même, mais je l'ai vu la semaine dernière à la cafète et il a dit qu'il voyait une psy.

– Hé, attends ! lance la voix de Sam derrière moi. Qui voit une psy ?

– Ton frère.

– Ah oui ! Je le savais. C'est une bonne chose, non ?

– Je suis toujours le dernier au courant de ce genre de truc, marmonne Bailey.

Gabe remonte l'escalier et salue tous les gens qu'il croise. Il donne à Bailey l'une des bières qu'il a apportées.

– Le service est impeccable, me dit Bailey.

– En fait, elles étaient toutes les deux pour moi, réplique Gabe. Mais je suis sympa, je partage.

– Et moi ? demande Sam.

– De toute façon, tu ne dois pas boire. Tu t'entraînes pour quel sport déjà ?

– Ta gueule, et vous autres également.

Là-dessus, il fonce dans l'escalier.

Tous les trois, nous allons nous accouder au comptoir de la cuisine en nous racontant des conneries. Bailey engueule Gabe qui ne s'est pas déguisé, mais celui-ci sort son masque et l'enfile à l'instant où entre Lea.

Je décoche un coup de coude à Gabe.
- La fille de tes rêves est ici.
- Hein ?
- Lea. Elle est là.
- Quoi ? Où ? demande-t-il en relevant son masque.
- Elle vient de descendre à la cave.
- Merde. Je déteste la cave. Il y a trop de bruit en bas.
- C'est une fête, grand-mère Gabe, dit Bailey en lui tapant sur la poitrine. On va chercher Sam.
- Allez, dis-je, dix minutes avec les invités n'ont jamais fait de mal à personne.

Gabe fait la grimace et remet son masque tandis que Bailey redresse sa perruque. Nous descendons à la cave, où presque toutes les lumières sont éteintes à part celle du fond, près du baril, et une boule disco à facettes que mes colocs ont accrochée au milieu de la salle. Elle a l'air de tourner un peu trop vite, mais ça vient peut-être des quatre bières que j'ai déjà bues.

- On ne dirait pas une cave, observe Gabe derrière son masque.
- Je pensais la même chose, dis-je.

On se balade à travers une foule compacte. Sam s'entretient avec une fille que je n'ai jamais vue et il nous fait signe de ne pas nous approcher. C'est fou le monde qu'il y a !

Enfin, j'aperçois Lea et ses deux amies non loin du baril. Gabe se précipite pour leur servir des verres de bière. Je ne l'ai jamais vu se donner autant de mal pour une fille. Les autres bavardent et rient ; je me sens gêné pour lui qu'il ait oublié d'ôter son masque avant d'entrer dans l'arène. Du coup, Lea ignore que son preux chevalier à la bière est Gabe.

– Ce débile aurait mieux fait d'ôter son masque, me crie Bailey à l'oreille.

– C'est nul.

J'entends les filles le remercier, puis s'éloigner. Gabe revient tranquillement vers nous, la tête haute, visiblement très fier de lui. À notre tour, nous recevons chacun une chope de bière fraîche et, d'un signe, j'entraîne les deux autres dans l'escalier. Gabe soulève son masque alors qu'on entre dans la cuisine un peu moins bruyante et beaucoup plus fraîche ; on reprend les places qu'on avait quittées un quart d'heure plus tôt.

– C'était bien, non ? lance Gabe.

– Ouais, sauf qu'elle savait pas que c'était toi, rétorque Bailey en lui tapant l'arrière de la tête.

– Euh... Bon, je vais attendre qu'elle monte pour aller aux toilettes, là elle devrait reconnaître mes vêtements, non ?

– Pas idiot, dis-je.

Durant les deux heures qui suivent, on redescend chacun à notre tour pour nous ravitailler en bière et, finalement, Gabe saute sur le comptoir, s'assied, les jambes ballantes, adressant la parole à tous ceux qui passent par là. L'alcool commence à produire son effet. Apparemment, beaucoup de gens se demandaient où il était passé et il semble s'en apercevoir. Tandis qu'il bavarde avec l'un des colocs, Bailey et moi redescendons chercher de la bière.

– Voilà un moment que je ne l'avais pas vu de si bonne humeur, observe Bailey.

– Oui. Ça fait plaisir, non ?

– Carrément.

Je vois Lea grimper l'escalier avec une de ses amies, alors on fonce derrière elles. Il n'y a pas grand-chose à voir mais, au moins, elle adresse un signe à Gabe, qui lui répond sans bouger de sa place. Il a l'air totalement béat.

Je lui glisse à l'oreille :

– Tu devrais aller lui parler.

– Pour lui dire quoi ? Et je suis tellement bourré que je risque de ne sortir que des conneries.

– Parfois, ça vaut mieux que rien du tout.

– C'est tout le contraire de ce que je crois.

NOVEMBRE

Sam (frère de Gabe)

– Je suis où, là ? balbutie Gabe, avachi par terre.

– Dans ma chambre.

Il me regarde, se frotte les yeux.

– Merde ! Qu'est-ce qui s'est passé cette nuit ?

– Tu as trop bu, parlé à toute la terre, sauf à la fille qui te plaît, tu as dit à tout le monde que Jason Bateman était de loin le meilleur Teen Wolf, et puis tu t'es effondré sur mon parquet vers quatre heures du matin.

Il appuie les coudes sur ses genoux.

– Je me rappelle rien…

– Tu m'étonnes.

– Et j'ai vraiment pas parlé à Lea ?

– Non.

– À quoi ça sert de se bourrer la gueule si ça ne donne même pas le courage de parler à la fille qui vous attire ?

Je me lève pour sortir une bouteille d'eau du minifrigo.

– Tu lui as plusieurs fois balancé des signes de la main.

Il me décoche un regard mauvais.

– Où est Casey ?

– Sous la douche.

– J'en aurais bien besoin moi aussi.

– Il n'a certainement pas envie de la prendre avec toi.

Autre regard mauvais.

– Quelle heure il est ?

– Midi.

– Et j'ai dormi huit heures par terre ?

– En fait, tu étais dans le fauteuil poire.

– Ah bon !

Il ferme les yeux.

– Ça va ? lui dis-je.

– Ouais. J'ai un peu la tête qui tourne et je crève de faim.

– Tu veux qu'on aille au resto ?

– Oui. Dès que j'aurai pris ma douche et décollé mes lentilles de contact.

C'est là que Casey débarque.

– Salut mon pote ! lance-t-il à Gabe en lui tapant sur l'épaule. Tu étais déchiré, cette nuit. Je ne t'avais jamais vu dans cet état.

– J'étais encore pire que déchiré.

Une fois tous rincés sous la douche, on part au resto où on repère immédiatement Lea et ses copines, à trois boxes de nous. On ne pouvait pas mieux tomber.

Je hausse les sourcils en direction de Gabe et, une fois assis, Casey émet un sifflement plus ou moins discret.

– Arrête, souffle Gabe. Tu me mets la honte.

– On se demande pourquoi, dis-je en parcourant le menu.

Maxine (serveuse)

Parfois, le samedi peut être vraiment chiant. Ça dépend de la période de l'année, mais il arrive que toutes les places soient prises du matin au soir. Et aujourd'hui, lendemain d'Halloween, on a droit aux cuites habituelles, plus un match de football. Ça varie les plaisirs.

La fille et le garçon de la semaine dernière sont revenus et, en laissant un peu traîner mes oreilles, j'ai appris leurs noms, Gabe et Lea ; je trouve qu'ils vont bien ensemble.

Bien entendu, le patron est là, alors je ne peux pas asseoir les gens où je veux. À la place, une fois que j'ai rempli les tasses des garçons, je leur conseille d'aller parler aux filles, avec les coups d'œil qu'elles leur lancent…

Gabe a l'air plutôt effaré.

– Non, non. Ça va. Non merci.

Je n'insiste pas. Certains mecs doivent aller à leur rythme. Gabe en fait apparemment partie. N'empêche que s'il attend trop, croyez-moi, je vais finir par prendre les choses en mains et envoyer à cette demoiselle un délicieux jus d'orange fraîchement pressé de la part de ce petit mignon.

Maribel (camarade de Lea)

– Et là, murmure Lea, qu'est-ce qu'ils font ?

Je suis la seule à voir la table de Gabe depuis ma place, face à la paroi réfléchissante du fond du resto.

– Ils sortent le chéqu... dis-je.

– Alors, Danny, coupe Bianca en fronçant les sourcils. D'après Lea, tu penses que Gabe est gay. Mais tu crois qu'un gay s'habillerait comme ça ?

– Les gays s'habillent comme ça leur chante, répond-il avec un sourire. Chacun ses goûts.

– Je sais, mais j'aurais bien aimé le voir sortir avec Lea. Enfin, ce serait idiot de les y pousser si on n'a aucune chance.

– Aucune chance, dit Lea. Même s'il aime les filles, il ne s'intéresse qu'à cette Hillary, de l'atelier d'écriture créative.

– À vous entendre, on croirait qu'Hillary est la reine des salopes de Cassagedecoup-ville, chantonne Danny.

– Pas gentil, commente Lea en réprimant un rire.

Bianca et moi ne nous retenons pas.

– Et là, qu'est-ce qu'ils font ? redemande Lea.

– On dirait qu'ils s'embrouillent dans leurs calculs. Je devrais aller les aider.

– Surtout pas !

J'aime bien la taquiner.

– Il a des copains plutôt mignons, rêvasse Bianca.

– Arrêtez ! supplie Lea.

– Ho, calme-toi ! Je ne bouge pas. Mais j'ai discuté avec l'un d'eux, l'autre soir, Sam. C'est le frère de Gabe. Je suis sûre qu'il pourrait nous dire si Gabe est gay ou pas.

– Les filles, intervient Danny, il va falloir apprendre à me croire sur parole.

– Si tu le dis...

– Oh oui, je le dis !

En tout cas, je suis prête à aimer Danny de tout mon cœur, mais là, je crois qu'il se trompe. Sauf que je ne le connais pas assez pour le lui dire.

Il suffit d'avoir vu comment Gabe regardait Lea hier à la fête. En réalité, je pense qu'il l'aime beaucoup. Je ne sais pas comment le dire à Danny sans le vexer.

Le groupe de garçons passe devant nous.

– J'aurais dû lui parler, dit Lea en les suivant des yeux, le menton dans une main. Ou au moins lui faire un signe. Tout ce que je lui ai dit dans ma vie, c'est « merci », l'autre jour, en classe, quand il m'a rendu mon papier.

– Au moins, tu as été polie, dis-je.

– T'inquiète, chantonne Danny. On t'invitera quand même au mariage.

Inga (professeur d'écriture créative)

Cole et moi nous voyons une fois par semaine pour récapituler ce qui se passe pendant les cours et discuter des divers problèmes qui peuvent se présenter. Je tiens à parler du programme avec lui, m'assurer qu'il n'affronte pas des situations qui le dépassent. Mais il est très sérieux et responsable, donc tout se passe bien.

J'ai l'impression qu'il s'attendait à des réunions extrêmement savantes et compliquées au sujet des exposés et des notes. Et parfois, cela se produit. Mais, le plus souvent, on papote.

– Tu sais, ta petite obsession, me dit-il. Ils sont venus me voir l'un après l'autre il y a une semaine ou deux, et j'avais oublié qu'ils ne sortent pas du tout ensemble. J'ai dit à Lea de ne pas trop faire attendre son petit ami.

Intriguée, je me redresse.

– Et alors ?

– Ils m'ont tous les deux regardé d'un air froissé, et j'ai essayé de rattraper ma gaffe mais, si c'était gênant pour moi, je n'imagine même pas ce qu'ils ont pu ressentir.

– Ouille !

Il fait la grimace.

– Je n'arrive pas à croire qu'Hillary ait pu le forcer à travailler avec elle, dis-je en secouant la tête. Cette fille, je la déteste un peu plus chaque jour. Après tout, si je demande ce genre de rédaction, c'est pour que mon couple de l'année ait une chance d'exister. Que puis-je faire de plus ? Je vais devoir les piéger pour qu'ils finissent par se donner rendez-vous. Leur dire qu'il s'agit d'un cours spécial, devant une table garnie des plats les plus romantiques du monde, et puis les laisser seuls.

– Oui, ça pourrait marcher.

– J'aimerais tant leur faire comprendre qu'ils sont faits l'un pour l'autre ! Le temps passe. Cette année est déjà bien entamée.

– On pourrait essayer de les convaincre de s'inscrire au deuxième semestre d'écriture créative.

– Mon cher Cole, je savais que j'avais bien fait de te choisir ! Tu es un petit génie dans ton genre. Qui aurait cru que tu t'intéresserais aux histoires d'amour entre élèves ?

– Sûrement pas moi. Tu penses que je peux mettre ça sur mon CV ?

– En tout cas, je le signalerai dans ma lettre de recommandation.

– Merci.

– Maintenant, nous avons un problème à régler.

Il me regarde comme si j'allais énoncer une vérité essentielle.

– Comment virer Hillary du deuxième semestre d'atelier d'écriture créative.

Bob (conducteur de bus)

Regardez-moi ces deux-là ! Toujours tout seuls, chacun de son côté. J'aimerais bien les voir réunis. À cet âge-là, on ne devrait pas être tout le temps tout seul.

J'imagine qu'ils ont des amis ailleurs et que je ne vois qu'une petite partie de leur vie, mais il me semble que, puisqu'ils vont dans la même direction, ils pourraient en profiter pour discuter, non ? Je ne parle pas d'amour éternel, mais j'aimerais qu'ils deviennent au moins amis. Ça ne serait pas si difficile.

Je dois reconnaître que, quelque part, ils me rappellent nos débuts avec ma femme, Margie. Je ne sais pas trop pourquoi, mais moi aussi j'étais un grand dégingandé, ceci expliquant peut-être cela.

Dommage que je ne sache pas comment leur dire de se mettre ensemble. Peut-être qu'un jour ce bus sera vraiment trop plein de gens et qu'ils seront serrés l'un contre l'autre et que je freinerai un peu brusquement pour qu'elle puisse lui tomber dans les bras.

Bon, je deviens bête avec les années. Je ferais mieux d'emmener ma femme à la montagne pour Thanksgiving, ou quelque chose de ce genre.

Écureuil !

La fille est revenue !

Hourrah !

Je cours vers le banc où elle est assise, me fais tout beau, foisonne ma queue. J'espère qu'elle me reconnaît et qu'elle a encore des cacahuètes.

– Salut petit bonhomme !

Je bondis vers elle.

– Tu es l'écureuil avec qui j'aime bien discuter ?

Je ne sais pas pourquoi tu dis ça, mais je t'aime bien !

On va devenir bons amis. Elle a peut-être une maison où elle va m'emmener et où elle me laissera gambader et même dormir dans son lit. J'ai entendu les gens parler de leurs lits, ça m'a l'air d'être un endroit magnifique.

– Tu aimes les bagels ? demande-t-elle.

Je me dresse sur mes pattes arrière, la regarde dans les yeux. J'ignore ce qu'est un bagel, ça doit ressembler à une noix.

Elle me lance une miette.

Ce n'est pas une noix. On dirait du pain.

C'est plutôt décevant mais juste une minute, parce que ça aussi c'est délicieux.

Elle me lance une autre miette.

– J'attends mon ami, dit-elle. Tu as des amis, toi ? Ou une famille ? À quoi ressemble la vie d'un petit écureuil comme toi ?

Elle me jette encore une miette, puis se frotte les mains.

– C'est tout. À la prochaine fois.
Quelle personne merveilleuse !

Danny (ami de Lea)

– Salut, Azalea Fong !

– Salut Danny ! dit-elle en quittant son banc. Tu es la seule personne au monde qui ait le droit de m'appeler Azalea. En dehors de ma mère. Mais je la vois si peu, ces temps-ci, que ça ne vaut même pas la peine d'en parler.

Je me rembrunis.

– Mais on arrête avec ces âneries, reprend-elle. Qu'est-ce que tu deviens ?

– D'abord, dis-moi si c'est bien à cet écureuil que tu parlais.

– Oui. C'est mon ami.

– Dacodac.

– J'aime bien les écureuils, insiste-t-elle.

– Pour passer à autre chose, je voudrais me plaindre du temps.

– Vas-y.

– Il fait un froid de loup, aujourd'hui ! Alors que mardi on se croyait encore en été.

– Je sais que tu aimes les hyperboles, mais c'est vrai, mardi dernier, il faisait vingt-trois degrés et aujourd'hui à peine cinq. Alors oui, c'était l'été, comparé à aujourd'hui.

– Merci, tu es vraiment ma personne préférée.

– Qu'est-ce qu'on a au programme, aujourd'hui ?

– Bon, étant donné les chances que j'ai de rencontrer Gabe chaque fois que je suis avec toi, je me suis dit qu'on pourrait se relancer sur ses traces dès aujourd'hui.

– Parfait, dit-elle en s'arrêtant au croisement de deux chemins. Mais tu sais tout de même que je ne peux pas le faire apparaître d'un claquement de doigts ?

– Oui. Il faut que je vérifie ma boîte à lettres à la fac. Si on commençait par là ?

– Pourquoi pas ?

On fait quelques pas en silence, et puis je demande :

– À quoi tu penses ?

– Je suis jalouse, soupire-t-elle, que Gabe travaille avec cette fille en écriture créative. Je voudrais que ce soit avec moi.

– Je comprends. Comment il se comporte avec elle ?

– Comme Gabe. Tranquille, gentil, et il lui sourit tout le temps.

– C'est bien lui, ça.

Alors qu'on entre dans la salle de la poste, je ne peux m'empêcher de m'exclamer :

– J'hallucine ! À croire qu'il suffit d'évoquer son nom pour le faire apparaître !

Elle sourit en regardant Gabe sortir deux enveloppes de sa boîte. Il doit sentir nos regards, car il se retourne et nous adresse un signe.

– Je pourrais peut-être essayer d'être amie avec lui, ou au moins de lui parler aux cours, et tout. Il est mignon et gentil et j'aime bien... son attitude, si polie.

– Il est trop mignon.

– Complètement, approuve-t-elle. Ce serait faux d'utiliser le mot « séduisant » ?

– Pas du tout.

Il sort et prend la direction opposée à notre arrêt de bus.

– On aurait pu le suivre plus longtemps, observe-t-elle.

– Non, comme ça c'est cool. Parfois, j'ai juste besoin d'un avant-goût.

Je sais qu'elle me comprend, même si ça la rend triste.

Je dois reconnaître qu'il y a une petite chance pour que je me trompe sur les préférences sexuelles de ce jeune homme. Quoique, à vrai dire, je ne connaisse pas beaucoup d'hétéros qui complimentent un mec sur son jean.

Inga (professeur d'écriture créative)

Quelque part, je m'en veux un peu quand je fais lire leurs essais aux étudiants devant toute la classe. En même temps, je sais que ça ne peut que leur faire du bien. Quand on lit son travail à haute voix, on perçoit toutes les nuances. Il y a une grosse différence entre le langage écrit et le langage parlé, et le meilleur moyen de s'en rendre compte consiste à entendre son texte lu à haute voix.

Je leur recommande de commencer par lire devant un objet inanimé, puis de le faire ensuite devant les amis ou les parents. Après quoi, arrive le moment de le lire devant la classe. À peu près à chacun de mes cours, quelqu'un lit quelque chose. Tout le monde ou presque y est passé. Sauf Gabe.

Il nous a confié, à Cole aussi bien qu'à moi, combien il appréhendait de s'adresser à la classe. J'ai corrigé avec lui son texte sur ses souvenirs d'enfance ; c'est du bon travail et je ne vois pas pourquoi il cherche tant à le cacher.

Il est venu me voir après qu'Hillary l'a critiqué, en me disant qu'il voulait quitter le cours. D'après elle, il n'écrivait rien d'intéressant. J'ai rétorqué que je le trouvais très doué, avec un style un peu différent, pas forcément à la portée de tout le monde. J'étais fière de moi, car j'avais surtout envie de rabaisser le style et les goûts d'Hillary.

Juste avant le cours, je le rejoins à son bureau :

– Écoutez, si vous ne voulez pas le lire, je pourrais le faire à votre place.

Je ne devrais sans doute pas faire une telle offre, car nous sommes déjà à la veille de Thanksgiving et qu'il n'a encore rien lu devant la classe.

– Non, non, dit-il en s'agrippant au bureau. Je m'en charge. Il faut que je grandisse.

– C'est une histoire magnifique. Vous savez remarquablement utiliser la métaphore.

– Si je vomis, il ne faudra pas en faire tout un plat, d'accord ?

– Comment êtes-vous parvenu à ce point de votre vie sans avoir fait un minimum de présentations ? Ça vous aurait un peu décontracté.

– Franchement ? J'en ai fait beaucoup, mais j'ai l'impression que ça va de pire en pire au lieu de s'améliorer.

Je prends un air compatissant et fais entrer les autres élèves.

– Gabe va nous lire sa rédaction d'il y a quinze jours, sur un de ses souvenirs d'enfance, alors écoutez-le bien.

Je m'installe au premier rang et entends Victor murmurer derrière moi :

– Il serait temps !

Gabe fait face à la classe ; on dirait qu'il a envie de rapetisser, mais, quelque part, ça le fait paraître encore plus grand et dégingandé. Il fait craquer ses poignets, sourit. Je vois sa feuille trembler dans ses mains. Pourtant, il se force et commence à lire.

Il y a sur Internet l'image d'un arbre qui a poussé autour d'une bicyclette. On dit que c'était un garçon qui l'avait oubliée là, contre le tronc, après avoir été appelé à la guerre. Ce n'est pas la véritable histoire mais, si vous n'avez jamais vu cette image, vous devriez rentrer vous mettre sur Google. C'est fascinant.

Ça me fait toujours penser à ce jour où maman m'avait emmené faire des courses au supermarché quand j'avais à peu près six ans. Je ne l'ai pas oublié, parce qu'elle ne m'emmenait que très rarement tout seul. Les trois quarts du temps, il y avait mon grand frère ou une de mes petites sœurs. Je ne sais pas si je manquais l'école parce que j'étais malade ou si c'était mon père qui gardait les autres enfants, mais je n'ai pas oublié ce moment où je me suis retrouvé seul avec elle.

Un vieux monsieur s'est mis à lui parler, puis il s'est tourné vers moi et m'a demandé mon nom. Je me suis caché derrière maman parce que j'avais trop peur des inconnus. Outre ma timidité innée, on avait dû trop nous mettre en garde au jardin d'enfants, si bien qu'il me devenait à peu près impossible de parler à des gens que je ne connaissais pas.

Ce vieux monsieur faisait partie des ennemis dangereux, du moins aux yeux d'un petit garçon de six ans. On avait l'impression que sa peau lui fondait sur le visage, il paraissait bizarre. Ce qui lui restait de ses cheveux pendait en bataille dans son cou et sa chemise était mal boutonnée.

Dans la voiture, en rentrant chez nous, maman m'a demandé pourquoi j'avais eu si peur, qu'il n'y avait aucune raison pour ça. Elle connaissait ce vieux monsieur, c'était son voisin quand elle avait mon âge. Je lui ai parlé de cette peau qui pendait, *de ses cheveux mal coiffés, dans mon vocabulaire d'enfant.*

– Oh, m'a-t-elle répondu, ce n'est pas grave, Gabe. Tu comprendras quand tu grandiras. Tu n'auras plus peur des grandes personnes.

Je me rappelle m'être alors dit que j'aurais toujours peur, que je ne comprenais pas comment on pouvait ne pas avoir peur. En grandissant, j'ai souvent repensé à cet épisode. Je n'ai que très récemment compris qu'elle avait raison, mais pas dans le sens où elle l'entendait.

Si j'ai plus ou moins perdu ma méfiance et ma peur, je ne me suis jamais totalement débarrassé de ma timidité. Quand j'y repense, j'ai l'impression que, de ce point de vue, je n'ai jamais évolué. Comme l'arbre et la bicyclette. J'ai grandi autour et elle fait désormais partie de moi-même.

Il marque une petite pause, examine la classe puis regagne sa place. Je m'interdis d'applaudir mais, quand je regarde Lea, elle sourit dans ses mains et on dirait que des cœurs lui échappent des yeux. L'image même d'une fille en train de tomber amoureuse. Impossible que ces deux-là ne se trouvent pas.

Sam (frère de Gabe)

J'attends Gabe devant l'aile littéraire, car on va rentrer à la maison pour Thanksgiving. J'ai insisté pour qu'il saute le cours afin qu'on s'en aille avant l'heure de pointe, mais il tenait à voir Lea d'abord.

Elle sort devant lui et je lui souris.

– Salut, lance-t-elle d'un ton presque interrogateur.

– Salut, dis-je dans un sourire.

Gabe sort juste derrière elle et il semble étonné que nous échangions aussi facilement quelques paroles.

– Yo ! lui dis-je en suivant Lea des yeux.

– C'est à elle que tu parlais ?

– Elle a dit salut et j'ai répondu salut. C'est pas encore des confidences de meilleurs amis.

Il laisse échapper un soupir, et on se dirige vers le parking.

– Tu veux passer dans ta chambre ?

– Oui, désolé. Je ne voulais pas trimballer tout mon barda en cours.

– Je te comprends, mais plus on va se taper les embouteillages, plus tu vas devoir subir mes choix musicaux. Et défense de te plaindre.

Il lève les yeux au ciel. Alors qu'on arrive à la voiture, je laisse tomber d'un ton neutre :

– On aurait dû proposer à Lea de la déposer aussi.

– Tu imagines à quel point ça aurait été pénible, avec moi qui ne dirais rien et elle…

Il plisse les paupières comme si la vie sur terre lui devenait insupportable. Avant de démarrer, je l'interroge :

– Quoi ? Qu'est-ce qu'il y a ?

– J'ai lu ma rédaction aujourd'hui devant la classe, sur ma timidité. Lea doit me prendre pour un pur loser, maintenant.

– Mais non, les filles pigent ces trucs-là.

– Sérieux ? Tu crois ?

– Elles aiment bien les histoires sentimentales.

– Je ne crois pas qu'aucune femme sur terre apprécierait que tu les fourres toutes dans le même sac. À part Hillary, peut-être. Cette fille n'est qu'une caricature ridicule de tout ce qui déraille dans le monde.

– Tu m'impressionnes, Gabe.

– Comment ça ?

– Je ne savais pas que tu étais féministe ni que tu utilisais des mots comme « caricature ».

Il m'envoie un coup de poing dans le bras.

– Hé, pas touche au conducteur !

Il blêmit.

– Je rigole, Gabe ! C'est rien.

– Je sais, je sais.

Il se tourne vers la vitre en mâchonnant son pouce et je peste intérieurement contre mon humour mal placé.

– Sois... prudent, dit-il.

DÉCEMBRE

Charlotte (une barmaid)

La salle est comble, comme souvent l'après-midi, mais la file d'attente me paraît un peu trop courte, alors je laisse les autres serveurs prendre leur pause avant moi, dans l'espoir que, quand ce sera mon tour, on soit en plein chaos. Comme ça, je pourrai m'en aller tranquillement, tel Mel Gibson alors qu'une bombe explose derrière lui.

Enfin, je devrais peut-être choisir quelqu'un de plus décontracté que Mel Gibson.

Je vais y réfléchir.

C'est encore un moment difficile sans Keith ni Tabitha. Elle serait pourtant ravie de voir Lea aujourd'hui, ce qui sous-entend que Gabe va entrer d'une seconde à l'autre.

D'ailleurs le voilà, ponctuel comme une horloge. Il jette un coup d'œil vers elle puis rejoint la file d'attente.

Sans trop savoir pourquoi, je me sens un peu moins concernée par lui, ces derniers temps. Peut-être à cause de l'ambiance de Noël ou alors parce que je commence vraiment à perdre la tête. Aujourd'hui, c'est moi qui sers les boissons, donc je n'aurai sans doute pas l'occasion de lui parler. Il ne boit que du café. Pour un peu, je serais presque déçue parce que j'aimerais bien le mettre à l'épreuve, vérifier s'il est plus normal ces jours-ci.

À mon grand effroi, il commande un chocolat chaud à la menthe. Je suis tellement surprise qu'en allant le lui préparer, je manque laisser tomber sa tasse en voyant « le » Gabe s'installer sur le côté du bar, loin de tous les autres.

– Bonjour ! lui dis-je.

Il me répond d'un petit sourire crispé. Alors, j'insiste :

– Chocolat chaud à la menthe ?

Il regarde mes lèvres. Je ne crois pas que personne les ait jamais regardées si intensément. Même pas l'élève qui me harcelait quand j'étais en seconde.

– C'est bon ici, lui dis-je d'un ton complice. Je vais vous mettre beaucoup de menthe, c'est meilleur.

Il ne quitte pas mes lèvres des yeux, l'air éperdu. Peut-être qu'il ne m'entend pas dans ce brouhaha.

J’essaie une autre tactique :

- Comment se passe cette fin de trimestre ?

Il hausse les épaules.

- Oui, ça se voit, dis-je un peu déçue.

Les choses ne se passent pas aussi bien que je l’espérais, et je sens mes espérances pour Lea et lui commencer à s’effriter.

Maudite Tabitha, elle m’a fait un lavage de cerveau.

- De la chantilly ?

Pour toute réponse, il fronce les sourcils et on dirait qu’il finit par laisser tomber.

- Pardon ?

- Vous voulez de la chantilly ?

- Ah oui ! Parfois, je n’entends pas bien.

- Normal. Avec tout ce bruit.

Il prend sa tasse en souriant.

- Merci.

La file d’attente se rétrécit encore et j’ai de moins en moins de commandes à préparer, alors je regarde Gabe qui traverse la salle. Il ne reste pas beaucoup de tables libres, dont une à deux places tout près de Lea. Je crois qu’il va la prendre. Il s’arrête devant et j’ai l’impression de lire dans ses pensées comme dans un livre ouvert ; à croire qu’il tente de résoudre un problème impossible dont la solution consisterait à s’asseoir là. Mais il change de direction et s’en va loin d’elle ; alors, elle lève la tête.

Ils s’adressent un signe.

Elle jette un coup d'œil sur la place qu'il n'a pas prise et je me demande où ils en sont. Pas sur le mode gnangnan qui nous amuse habituellement, mais je me demande pourquoi ils se regardent si souvent et se font si rarement signe. C'est plutôt triste. Je promets de recommencer à me tracasser pour eux demain mais, pour le moment, je me laisse aller à la mélancolie.

C'est là qu'on me commande deux latte au caramel salé et un grand mocha au chocolat blanc ; et ma pause qui commence dans deux minutes et la porte qui s'ouvre encore... Fini pour eux, et pour moi aussi.

Frank (livreur de repas chinois)

Me voilà de retour avec une livraison pour la résidence des premières années. Sérieux, ces deux-là feraient mieux de s'entendre pour commander en une seule fois. J'en ai marre de venir ici deux fois le même jour. C'est la troisième fois en deux mois.

– Bonjour, dis-je à la fille qui vient prendre sa commande.

– Salut, répond-elle en me tendant mon argent.

– Alors, vous vous êtes disputés avec votre petit ami ?

– Qui ça ? demande-t-elle l'air effaré.

– Vous savez, celui qui habite à l'étage au-dessus.

– Gabe ? Ce n'est pas mon petit ami.

Elle a répondu trop vite pour ne pas donner l'impression qu'en fait elle tient beaucoup à lui.

– Il a passé commande il y a quelque chose comme une heure. Vous devriez vous organiser pour commander ensemble.

– Mais on n'est pas ensemble, insiste-t-elle.

– C'est pas ce que je veux dire.

– Pardon ?

– Écoutez, je tiens pas le courrier du cœur, mais tous les deux vous… il se passe un drôle de truc. Vous allez dire que je déraille, seulement je crois que si vous lui proposiez de commander en même temps que vous, il serait d'accord.

– Je…

Elle marque une pause, secoue la tête.

– Merci.

Et puis elle s'en va et, là, je me sens comme le dernier des tarés. Sauf qu'il fallait bien que je le dise. Sinon, ma grand-mère m'en voudrait trop. C'est elle qui m'a parlé du troisième œil.

Hillary (étudiante en écriture créative)

C'est le dernier jour de cours du trimestre. Je n'y crois pas, on arrive aux vacances et Gabe ne m'a pas encore proposé de sortir avec lui. Qu'est-ce qui lui arrive ? Je croyais qu'il était dingue de moi ?

Inga réclame l'attention de la classe et nous montre un énorme paquet de feuilles qu'elle semble avoir mises de côté. Puis, elle désigne les deux derniers étudiants qui vont nous lire quelque chose ce trimestre. Quand ils ont terminé, elle applaudit.

– C'est très bien. Je tiens à vous rappeler que vos dernières rédactions doivent m'être rendues dans une semaine. Et je veux les voir sous forme de copies, pas juste de mails expédiés à la dernière minute. Je serai dans mon bureau de dix heures à midi mardi prochain ; vous pouvez aussi les déposer dans ma boîte à lettres à partir de maintenant.

Victor pousse un grognement. Je dois reconnaître qu'il m'inspire beaucoup de respect. Il exprime toujours ses pensées.

– Un problème, Victor ?

– Quel gâchis d'arbres !

– C'est comme ça. En fin d'année, je préfère lire de vraies copies.

Inga le dévisage un instant d'un air peu amène, et j'espère qu'il va continuer à rouspéter.

– De toute façon, ajoute-t-elle, vous allez peut-être me prendre pour un dinosaure mais, quand je reçois des mails, très souvent je les imprime. C'est une chose de lire un document sur papier, totalement différente de l'écran. Je distingue mieux les détails sur papier. Et vous obtenez ainsi de meilleures notes.

Il lui décoche le sourire le plus faux de l'année.

– Autre chose ? demande-t-elle.

Silence.

Je me rends compte que Gabe s'agite, qu'il donne des coups de pied dans la chaise de Victor. Inga ne s'en aperçoit pas.

– Bien, achève-t-elle. Fin du cours. Je sais qu'il est un peu tôt, aussi je veux bien répondre à quelques questions si vous en avez ; sinon, je vous conseille de consacrer ces quelques instants à préparer votre prochain devoir.

Victor fait volte-face, les yeux fixés d'abord sur Lea puis sur Gabe.

– Écoutez vous deux, si vous tenez tant l'un à l'autre, vous feriez mieux de conclure et qu'on n'en parle plus au lieu de saouler le monde.

Là, j'en reste gaga. Je manque d'éclater de rire parce que, sérieux, comment peut-il croire qu'il se passe quelque chose entre eux ? Ils se regardent une seconde, et puis Gabe file littéralement hors de la classe. Lea prend le temps de ranger ses affaires tandis que Victor continue à marmonner.

Je suis sûre que Gabe va me donner rendez-vous.

Victor (étudiant en écriture créative)

Le petit déjeuner de minuit fait partie de mes soirs préférés de l'année. Je ne sais pas pourquoi cette nourriture me paraît bien meilleure le soir que le matin, mais c'est absolument génial. Je vais me gaver de toasts, d'omelettes et de pommes de terre sautées.

J'ai tellement hâte que je ne remarque même pas la présence d'une des personnes que j'aime le moins, dans la file devant moi. Pourtant, c'est bien Girafe qui demande qu'on lui remplisse son assiette.

Après quoi, elle va se chercher à boire et heurte Grand Pied au passage.

Ben voyons.

Elle laisse tomber son plateau trop rempli sur celui à moitié vide du garçon et tout ça s'écrase par terre dans un énorme fracas, répandant partout la nourriture, les assiettes et les verres cassés.

Quel gâchis !

Je m'écarte sur le côté.

Ils nous bloquent le passage avec leur foutoir et, franchement, je n'ai aucune envie de m'occuper d'eux pour le moment. J'espère qu'un surveillant va vite arriver, parce que, si je ne regrette pas ce que je leur ai dit tout à l'heure, je ne tiens pas non plus à provoquer Grand Pied en duel pour sauver l'honneur de madame. Il serait capable de relever le défi.

Je recule, pour me retrouver entre le fond de la salle et un distributeur de sodas, et les voilà qui échangent des excuses.

- Désolée, dit-elle.

- Non, non, c'est moi, dit-il.

Qu'est-ce que je fous ici à les écouter ? Ce doit être mon châtiment karmique, encore que je me demande pourquoi. Je suis un gentil mec. Un peu impatient parfois, mais comme tout le monde.

– Tu pataugues dans le sirop, énonce-t-elle de sa voix mélodieuse.

C'est si joli que j'imagine assez bien cette phrase brodée sur un coussin.

Apparemment, il ne répond pas, car c'est elle que j'entends de nouveau :

– Ton genou.

– Pas grave, répond-il.

Ils ne peuvent pas s'arrêter un peu ? Je cherche une issue, mais pas moyen. Il faudrait que je passe entre eux. Et comme tout le monde évite ce fourbi, je n'ai aucune possibilité de me défiler.

– Attention à ne pas t'agenouiller sur des éclats de verre, insiste-t-elle avec sa voix de broderie.

– Pas du tout.

Peut-être qu'il me plaît plus que je ne croyais. Il sait rester succinct. Il la regarde d'un air triste. Et moi, je me demande si je vais pouvoir sortir d'ici. Tout en continuant de les surveiller du coin de l'œil.

– Je crois qu'il y a de petits fragments par là, remarque-t-il.

– Oui, mais on dirait que tu as déjà tout ramassé.

– Toi, ça va ?

– Oui. Et toi ?

– Oui, sauf pour mon jean…

Le surveillant finit par arriver ; ces deux-là vont enfin débarrasser le chemin. Sauf qu'ils demeurent sur place pour continuer à bavarder. Génial.

D'abord, ils doivent s'excuser auprès du mec qui leur fait signe de partir en les félicitant pour leur beau travail. Il faudrait que les gens arrêtent de se montrer aussi gentils avec eux.

Ensuite se produit le moment le plus idiot que j'aie vu de ma vie : Girafe se tourne vers Grand Pied, les cils frémissants, le regard adorateur.

– Je m'appelle Lea. Je crois qu'on aurait dû se présenter il y a au moins cent ans.

À se taper le front contre le mur. Qu'est-ce qu'ils attendent pour s'en aller ?

– Gabe.

Je secoue tellement la tête qu'elle va finir par tomber.

– J'ai toujours envie de te parler aux cours, mais ça me paraît drôle, comme si on se connaissait déjà. Comme si on avait fait les présentations. Et plus j'attendais, plus ça me paraissait drôle alors qu'on vit dans le même bâtiment, mais tu n'avais pas trop l'air de vouloir me parler, et je ne voulais pas te déranger. Bon, j'arrête, maintenant.

Je lève les yeux au ciel en priant pour qu'il me tombe sur la tête.

– Je, euh... ne voulais pas te déranger non plus.

– Bon, maintenant qu'on a dit ce qu'on avait à dire, on pourrait bien se déranger l'un l'autre.

Je prends ma fourchette sur mon plateau en faisant mine de me l'enfoncer dans l'œil.

– Je vais y aller.

ENFIN !

– Bien sûr, dit-elle.

– Tu pars ? On pourrait… euh… marcher ensemble.

ALLEZ-Y !

– Ah non ! Maribel, ma camarade, est là. On voulait rester ici pour travailler encore un peu. C'est pour ça que j'avais pris tant de pommes de terre.

– D'accord.

– On se voit plus tard ?

– Oui, bien sûr.

Je suis sur le point de m'en sortir. Comme si j'allais quitter ma prison. Je crois que je vais embrasser le sol.

– Gabe ?

Non.

– Oui ?

– J'ai bien aimé ta rédaction. Sur la timidité. Enfin, j'ai bien aimé tout ce que j'ai lu de toi, mais là, c'était vraiment excellent.

Il ne répond rien.

– J'ai regardé cet arbre sur Internet, c'était fabuleux.

Il laisse échapper un drôle de rire ahuri. Je devrais peut-être le tirer de là, lui aussi.

– De toute façon, reprend-elle, bonnes vacances si on se revoit pas.

– Oui, toi aussi.

Enfin ! Je peux aller rejoindre mes amis qui ne semblent même pas avoir remarqué mon absence. Et, bien entendu, mon omelette est froide.

Maribel (camarade de Lea)

– Lea, où est-ce que tu étais passée ? Je croyais que tu m'avais abandonnée et j'allais partir en emportant tout notre matos.

– C'est fou tout ce que tu as pris.

Je désigne ses affaires restées sur la table, ses tas de cahiers, de fiches et de surligneurs. À croire qu'elle est addict au matériel scolaire.

Elle secoue la tête, l'air extasiée.

– Il vient de m'arriver le truc le plus fantastique...

– C'est vrai ? Quoi ? Ils nous préparent des smoothies ?

Je me penche pour regarder du côté du buffet et j'insiste :

– J'ai cru comprendre qu'ils allaient en faire. Mais tu devais nous apporter des pommes de terre sautées, non ?

– Maribel. Gabe était là.

– Oh ! Super.

Palpitant. Elle va encore me raconter comment elle le dévorait d'un œil adorateur tandis qu'il regardait par la fenêtre ou je ne sais quoi. Chaque fois qu'elle me parle de Gabe, ça revient à ce genre de situation. Je commence à me dire que je ferais mieux de lui conseiller un nouvel objet d'affection.

– On s'est parlé ! m'annonce-t-elle, les yeux écarquillés.

Je ne m'attendais pas à ça.

– Qu'est-ce qui s'est passé ? Je veux tout savoir.

– Très bien, dit-elle en se rapprochant les mains croisées, l'air de me confier un secret. Voilà, j'ai fini par aller reprendre des pommes de terre et j'étais si contente que je n'ai pas regardé autour de moi pour vérifier si le passage était libre.

– Ça ne te ressemble pas. D'habitude, tu ne songes qu'à la sécurité des piétons, même à l'intérieur.

– Je sais. Mais voilà que Gabe arrive en face et on se heurte, on envoie promener nos plateaux par terre en provoquant un gâchis pas possible.

– Oh non !

Au fond de moi, je suis contente de ne pas avoir été dans les parages. Parfois, je suis une amie infecte.

– Il s'est tout de suite mis à nettoyer, à ramasser les débris. Moi, j'attrape la poubelle et puis des serviettes pour éponger le liquide. Quand je m'agenouille à côté de lui, il me dit qu'il est désolé. Et là, on n'arrête plus de s'excuser l'un et l'autre. Et je lui dis qu'il patauge dans du sirop et au début il ne m'entend pas et après il dit que ce n'est pas grave.

Là, j'ai l'impression qu'il se passe quelque chose.

– Et puis le surveillant arrive en disant qu'il s'occupe du reste. Et Gabe me tend la main pour m'aider à me relever !

– C'est trop mignon.

Et je suis sincère. Je souris, parce que j'ai l'impression qu'on arrive au bout de l'histoire.

– Et alors... continue-t-elle, enthousiaste.

– Houlà ! Parce qu'il y a un « alors » ?

– Oui, et même plusieurs ! Gabe reste là, à s'essuyer les mains, alors je décide de me présenter, puisque je ne l'avais jamais fait jusque-là. Il répond qu'il s'appelle Gabe et moi je raconte tout ce que j'avais envie de lui dire depuis longtemps sans oser me jeter à l'eau. Alors que j'ai tout d'un coup l'impression que je vais mourir de honte, il dit qu'il ne voulait pas me déranger non plus.

Elle se tait, rayonnante, et je pense à nouveau que c'est la fin de l'histoire. Excellente histoire, d'ailleurs, étant donné qu'ils ne s'étaient encore jamais adressé la parole.

– Et là, il m'a pratiquement demandé si j'avais envie de rentrer avec lui !

– Pourquoi tu as dit non ?

– Parce que tu étais ici et que je ne voulais pas te laisser tomber.

– Arrête ! À cause de moi ici ? Juste parce que tu es une amie fidèle ?

– C'est bon, Marib. De toute façon, ça m'aurait fait drôle.

– Ou pas.

– Alors, je lui ai dit que j'aimais son texte et que j'avais regardé l'arbre sur Internet et il a paru gêné. Maintenant, j'ai envie de le serrer dans mes bras.

– J'aime cette conclusion.

– Il est tellement timide ! Je le savais, mais je me rends compte que ça va plus loin que ça. Il est crispé, comme s'il avait peur. Je crois qu'il était presque soulagé quand j'ai annoncé que je devais rester.

– En tout cas, ça explique bien des choses.

– Alors, si je l'avais accompagné, je serais restée réservée, sur mes gardes, comme d'habitude, ou pire, j'aurais voulu combler le silence, ça aurait bien gâché la promenade.

Je la comprends. Elle réagit souvent comme ça.

– Si tu savais, souffle-t-elle en se balançant sur son siège. Il m'attire tellement ! Qu'est-ce que je vais faire ?

– Parce que tu vas faire quelque chose, à présent ? dis-je en claquant du poing sur la table.

Elle se redresse.

– Oui. Mais Danny dit qu'il ne s'intéresse pas aux filles. On n'y peut rien.

– Ça reste à prouver. C'est une pièce du puzzle qu'on ne tient pas encore. On va s'en occuper, d'accord ?

– Tu es trop gentille. Pourquoi tu es si gentille ?

– Parce que. On va mettre Bianca dans le coup. Elle peut se montrer très efficace. Une experte, capable d'examiner l'un après l'autre tous les éléments qu'on peut récupérer sur la vie de gens mystérieux.

– Je suis trop idiote de me laisser aller comme ça ! Je me maîtrisais mieux avant qu'il lise cette rédaction en classe.

– Lea, calme-toi. On va faire ce qu'il faut et tu seras très heureuse.

– Tu sais, normalement, c'est ce qui devrait arriver. Mais si ce type était un salaud ? Enfin non, je sais qu'il ne…

– Ce n'est pas un salaud du tout.

– Ouais, et tu sais qui en est un ?

– Qui ?

Elle se tapote le menton.

– Qui ça ?

– Victor, de l'atelier d'écriture créative.

– Celui qui a été si vache avec vous, l'autre jour ?

– Ouais.

– Qu'il aille se faire voir !

– Au diable.

Casey (ami de Gabe)

Le vingt et unième anniversaire de Gabe tombe en plein pendant les partiels. Ce n'est pas cool parce que je ne peux pas le lui fêter comme je veux puisque je révise, mais on finit par se trouver une soirée pour aller au moins prendre un verre et une pizza.

– Bon anniversaire ! dis-je en claquant ma chope contre la sienne.

– Merci. Dommage que Sam n'ait pas pu venir.

– Il a promis de se rattraper.

– Je crois que j'ai peur !

– Tes partiels se terminent quand ?

– On a déjà passé les épreuves pour deux matières, dont une ce matin. J'en ai une autre lundi et il faut encore que je rende ma rédaction pour l'atelier d'écriture créative, jeudi.

– Tu l'as terminée ?

– Même pas commencée, dit-il en croquant dans sa pizza. Je voulais d'abord terminer le reste. Les cours m'inquiètent davantage. La rédaction, ça devrait bien se passer.

– Tu veux que je t'aide ce week-end ?

– Oui, ce serait sympa. J'ai la tête tout embrouillée.

Je mange à mon tour et le voilà qui reprend :

– Je, euh… J'ai parlé avec Lea, hier soir.

– Et il t'a fallu tout ce temps pour me le dire !

– On a bavardé une dizaine de minutes.

– Ça fait dix minutes de trop.

– Elle était… très sympa.

– Comme d'habitude.

– C'était au petit déjeuner de minuit.

– Pourquoi je n'y étais pas invité ?

– Tu n'y serais pas allé, de toute façon.

– Tu aurais pu m'envoyer un texto.

– D'accord, la prochaine fois.

– Bon. Au moins, tu sauras ça.

– On a failli se rentrer dedans. Surtout à cause

de moi. Je lui ai balancé un coup de coude sans le faire exprès.

– Ton adresse légendaire.

– Attends ! Elle me gâche la vie. Sauf que là, elle m'a donné la chance de parler à Lea.

– Le verre à moitié plein...

– Bon, on a fini de tout nettoyer et elle était si... mignonne. Elle s'est présentée comme si on ne se connaissait pas, mais c'était trop discret.

– Tout à fait ton genre de fille.

– Non, c'est vrai. Et elle a dit qu'elle ne voulait pas me déranger, et là, j'ai dû m'empêcher de crier qu'elle ne me dérangerait jamais. Au lieu de ça, j'ai dit que je ne voulais pas la déranger non plus. Et là, on est restés une bonne minute sans rien dire.

Il s'empourpre, secoue la tête et continue :

– Je lui ai proposé de la raccompagner chez elle, mais sa copine était là, elles devaient rester.

– Ça m'a l'air pas mal parti.

– Oui. Elle a dit qu'elle avait aimé la rédaction que j'ai lue.

– Très bien parti.

– Tu crois que j'en ai trop fait ? En lui proposant de la raccompagner ?

– Pas du tout. Vous habitez au même endroit. C'était gentil. Je dirais même courtois.

– Cool.

Il marque une pause, se gratte la nuque.

– J'avais beaucoup de mal à l'entendre.

Je le comprends, mais ne dis rien pour le laisser continuer. Il pourrait dire des choses importantes. Comme si je me trouvais devant un petit animal ; je ne dois pas faire de mouvements brusques si je ne veux pas l'effaroucher.

– Tu vois, poursuit-il, parfois je m'inquiète tellement que je ne sais plus où regarder. Et mon oreille me dit : « Regarde sa bouche », et mes yeux : « Regarde tout sauf sa bouche ! » Dur quand on a pris l'habitude de ne jamais regarder les gens.

Le pauvre, il a l'air si triste ! Je ne sais pas quoi faire et je commence à paniquer, parce que je ne sais pas non plus quoi dire. Je suis le plus nul des amis.

Si je lançais une plaisanterie ?

– Et ton nez ? Il a voix au chapitre, ton nez ? Ou tes doigts de pied ?

– Arrête tes conneries !

Au moins il sourit. Il n'a pas l'air trop vexé.

– Je crois que ta roupette de gauche a aussi son mot à dire.

Là, il se met à rire.

– Bon, d'accord, c'est nul.

– Pas nul, juste un peu arbitraire. Tu dois agir dans ton intérêt en ce moment. Sans en faire une obsession.

– Oui, tu as raison.

– J'ai toujours raison.

– Elle est... si jolie. Encore plus de près.

– Je dois te rappeler que tu l'as déjà vue plusieurs fois de près.

– Oui, mais c'était différent.

Soudain, il fait la grimace, se pince le nez.

– Ma rédac était complètement débile. Sur la timidité. Je me sens bête qu'elle s'en souvienne. Maintenant, elle va me prendre pour un débile.

– Pas du tout. Tu pourrais retourner la situation à ton avantage.

– Sam a dit à peu près la même chose, s'écrie-t-il, l'air soulagé. Comment ça se fait ?

– Ça veut dire qu'elle a compris depuis longtemps que tu étais timide. Et si elle a reparlé de ta rédac, c'est qu'elle ne la trouvait pas nulle.

– Euh... je n'avais pas pensé à ça. Tu veux une autre tranche ?

– Absolument.

Quand il revient à la table, je n'arrive pas à fermer la bouche.

– Tu sais, je te taquine juste parce que tu es un mec super, d'accord ?

– Ouais, n'importe quoi.

– Non, vraiment, Gabe. Désolé si tu as cru que je ne te prenais pas au sérieux. Je ne veux pas que tu te rabaisses.

– Je sais, j'essaie de ne pas oublier.

– Cool.

Il pousse un soupir avant d'ajouter :

– Tu pourrais me donner un coup de main ? Je ne sais pas comment m'y prendre avec elle.

– Bien sûr. Je vais te guider, t'apprendre à bien te comporter avec les dames.

– Espèce d'abruti ! Oublie. Je vais demander son aide à Bailey.

– Tu es dingue !

– Ou à Sam.

– Je suis sorti avec plus de filles que Bailey et Sam réunis !

Il fait la grimace, et on passe à autre chose.

Écureuil !

Ça sent la neige et je ne me rappelle plus où j'ai caché tous mes glands.

Le garçon et la fille se dirigent l'un vers l'autre ; j'espère qu'ils sourient.

Je crois qu'ils vont sourire.

Je me demande s'ils savent où sont passés mes glands.

Ils arrivent devant une bâtisse et se regardent une minute, immobiles dans le froid.

– Salut, Gabe.

– Salut, Lea.

Et puis, je me rappelle que je les ai cachés derrière un gigantesque buisson la dernière fois que j'ai vu ce garçon et cette fille. Mais la dernière fois que j'ai vu ce garçon et cette fille, ils ne se sont rien dit. Peut-être que maintenant ils vont être amis.

Moi, mes amis, ce sont les glands !

Inga (professeur d'écriture créative)

Quelque chose me fait lever la tête du devoir que je note et, par la fenêtre de mon bureau, je vois Gabe et Lea dehors, le visage rougi par le froid, en train de se sourire. Incroyable ! J'en ai presque le vertige. Allons, c'est fou de se sentir tellement concernée par un couple dont on ne fait pas partie !

J'essaie de me calmer en attendant qu'ils se décident enfin à reprendre le chemin de mon bureau. Et puis, je le vois ouvrir ma porte, s'arrêter sur le seuil.

– Bonjour à tous les deux !

– Bonjour, dit Lea en entrant.

Gabe m'adresse un signe.

– Nous… euh… balbutie Lea, encore plus rougissante, enfin, je viens déposer ma rédaction. Je ne sais pas pourquoi Gabe est là.

– Moi aussi je viens pour ça, intervient-il.

Mon cœur se serre.

– Vous ne veniez donc pas ensemble ?

– Non, on s'est croisés dehors, explique-t-elle, les yeux rivés sur lui.

J'essaie de les garder un peu plus longtemps.

– Il neige, non ?

– Non, dit Lea. Mais ça pourrait bien venir.

– Tu crois ? Je ne sais pas.

– À la météo, ils ont parlé de tempête.

– Il fait assez froid.

J'ai l'impression de me mêler de ce qui ne me regarde pas, bien qu'ils ne parlent que de choses banales, mais ils ne m'ont toujours pas rendu leurs devoirs et je me garderais bien d'intervenir. Pour un peu, je m'attendrais à les voir se donner leur premier rendez-vous sous mon nez. Je les suis l'un et l'autre comme si j'étais à un match de tennis.

– Euh, tu as fini tes partiels ? demande Lea.

Restons calmes, mais j'ai l'impression qu'elle est en train de lui proposer de sortir. Je n'ai encore jamais assisté à ce genre de scène. Calme-toi, Inga, ne bouge pas, ne les fais pas fuir.

Il ôte son bonnet, révélant des cheveux en bataille.

– Je... euh... oui.

– Tu restes dans les parages ce soir ? Je crois qu'avec mes amies, on va sortir.

Il se relâche, pousse un soupir.

– C'était mon anniversaire la semaine dernière. J'ai promis à ma mère de dîner à la maison ce soir. Elle prépare un gâteau et tout. Je... euh...

Il se tait un instant et j'espère que Lea voit à quel point il regrette, qu'il n'est pas en train de s'inventer une excuse.

– Bon anniversaire la semaine dernière ! dit-elle en souriant.

– Merci.

Il semble enfin sortir de sa léthargie.

– On devrait rendre nos rédactions.

– Ah oui ! répond-elle sans le quitter des yeux.

Cette fois, j'interviens :

– Ce n'est pas grave, vous êtes les premiers à vous manifester ce matin.

Double sourire, mais ils continuent de s'envoyer des regards en coin tout en me tendant leurs devoirs.

– J'espère que vous allez tous les deux vous inscrire au deuxième semestre. Je vous trouve très doués. Vous pourriez chacun en tirer des bienfaits. D'autant qu'on va plutôt passer aux travaux pratiques ; ce sera davantage un atelier que pour la première partie, avec beaucoup plus de critiques et de discussions.

À présent, c'est Gabe qui rougit.

– Merci, dit-il sans me regarder.

– Merci, dit Lea. Je suis déjà inscrite.

– C'est vrai ? demande-t-il.

– Oui.

– Je vais peut-être venir moi aussi.

– Très bien, dans ce cas je me réjouis de vous revoir tous les deux en janvier.

Cette fois, ils s'en vont, mais ils s'arrêtent juste après avoir franchi la porte, alors je tends l'oreille pour capter encore un peu leur conversation.

– Désolé de ne pas pouvoir t'accompagner ce soir, dit-il d'un ton penaud.

J'imagine très bien l'expression de son visage.

– C'est bon, répond-elle.

Il s'éclaircit la voix :

– Peut-être une autre fois ?

– Oui. Enfin, ce sera pour l'année prochaine maintenant.

– À moins qu'on ne se croise à la prochaine fête de Casey. Ce serait… cool.

J'ai un peu de mal à le comprendre, car il parle vraiment très bas. D'autant que leurs voix s'éloignent dans le couloir.

J'ai l'impression qu'il leur reste une bonne chance de se retrouver. Ça prendra juste un peu plus de temps que je n'aurais cru. Mais ça viendra.

Maribel (camarade de Lea)

– J'ai envie de me bourrer la gueule ce soir, lance Bianca alors qu'on se dirige vers le bar.

– Tu m'as l'air déjà pas trop mal partie, lui dis-je.

– Vous êtes sûres ? insiste Lea pour la millième fois.

– Oui. Je me suis renseignée. C'est le seul bar qui ne vérifie pas les cartes d'identité. Ceux de l'avenue font du zèle mais ceux-là, si tu leur présentes quelque chose qui ressemble à une vraie carte, ils te laisseront boire de l'alcool.

– Je vais vomir, insiste-t-elle quand on ouvre la porte.

– Tu en as l'air, dis-je.

Elle se tord les mains.

– Allez ! Combien de fois je vais devoir te le répéter ? Je suis déjà venue ici, pour vérifier. Aucun problème. T'inquiète pas.

On entre dans une salle presque pleine. On n'aura pas de mal à se perdre dans cet océan de visages dès qu'on sera passées devant le videur. C'est à peine s'il jette un regard à nos cartes avant de nous faire signe de passer. Lea sourit comme si on lui pointait un canon de revolver dans le dos, mais le type ne doit pas être très doué en analyse d'expression faciale.

On trouve un box libre dans le fond, loin du bar, et franchement, on s'en fiche. Du moment qu'on est entrées...

J'offre la première tournée et remarque aussitôt la présence du copain de Gabe, Casey. Il est assis tout seul au bar, en train de discuter avec le serveur. Je lui adresse un cordial signe du menton avant de me retourner vers les filles.

– Casey est là, leur dis-je tout bas.

– Casey ? Le pote de Gabe ? demande Lea en buvant une gorgée à la paille.

– Oui.

– Fan-tas-tique ! s'écrie Bianca en frappant du poing sur la table. Peut-être que Gabe est là aussi.

Elle se retourne, inspecte tous les visages à proximité du bar. Je lui demande :

– Tu as déjà pris combien de verres ?

Elle me jette un regard fou, l'air de dire « beaucoup ».

Quand elle propose d'aller chercher la tournée suivante, je la suis attentivement des yeux. Dès que je la vois s'adresser à Casey, je me lève et Lea me suit. Parce que Dieu seul sait ce qu'elle risque de raconter à ce type.

– Je sais qui tu es, couine-t-elle alors qu'on approche.

– Ah oui ? Et je suis qui ?

– L'ami de Gabe.

– Bien vu. C'est moi, Casey.

– Moi, c'est Bianca, et on fête mon anniversaire.

– Joyeux anniversaire !

– Elle dit n'importe quoi, intervient Lea en la fusillant du regard.

Il sourit mais semble prêt à poursuivre ce petit jeu.

– Merci, dit Bianca en battant des cils. Je voudrais te parler de quelque chose, mais il faudrait d'abord que tu te rappelles que c'est mon anniversaire et que je suis naze.

Il nous interroge du regard, alors on hausse toutes deux les épaules. En même temps, Lea se mordille le pouce.

– Bon, je te suis, dit-il à Bianca.

Reposant ses mains sur le bar, il prend un air des plus sérieux.

– Tu te moques de moi ? demande-t-elle.

– C'est de ça que tu voulais me parler ?

– Non.

– Alors, peut-être que je me moque un peu de toi.

Je dois reconnaître que je le trouve mignon, une sorte de grand farfadet avec ses cheveux roux tout frisés. Je ne savais pas que c'était mon genre.

– Alors, demande-t-il, de quoi tu voulais parler ?

– De ma copine Lea, ici présente.

Celle-ci se passe une main sur les yeux tout en essayant de la tirer par la manche.

– Non, se défend Bianca. Tant pis, alors je voulais parler de ton ami, Gabe.

– D'accord.

Lea semble au bord de la nausée.

– Il est gay ?

– Attends, quoi ?

– Gabe. Il est homosexuel ?

– Pas que je sache, dit Casey avec un sourire moqueur. En fait, je suis sûr qu'il est hétéro.

– Sûr, sûr ?

– Il parle tout le temps de... filles.

– Bon, compris. Merci d'avoir participé à cette enquête aléatoire.

Là-dessus, elle salue et retourne vers notre box.

Casey nous interroge toutes les deux du regard.

– Je m'appelle Lea et voici Maribel. Encore que tu devais déjà le savoir. Qu'est-ce qui me prend ?

Apparemment pas gêné, Casey nous serre la main. Comme si tout lui paraissait normal. Et comme si notre cinglée d'amie ne venait pas de lui demander si son pote était gay.

– Ravi de l'apprendre officiellement, dit-il en enfilant son blouson. On se revoit plus tard ?

– Oui, bien sûr.

Je suis nulle.

– Vous viendrez à mes fêtes ?

– Oui, Maribel connaît un type qui connaît un type...

En fait, Lea a répondu d'un ton si charmeur que je sens monter une pointe de jalousie.

– On échange nos numéros de téléphone ? reprend-il. Ça nous évitera les intermédiaires.

Il m'a posé directement la question, mais j'étais si occupée à ravaler mes doutes que j'oublie presque de lui répondre.

– Oh, bien sûr ! dis-je en lui tendant mon appareil.

Quelques secondes plus tard, on a regagné notre box, accueillies par une Bianca hilare.

– Quoi ?

– Je ne suis pas aussi naze, assure-t-elle. Mais je me suis dit que si je jouais une petite scène, ça pourrait nous fournir l'information qu'on cherchait.

– Tu es géniale ! murmure Lea.

JANVIER

Casey (ami de Gabe)

– Casey ?

– Gabe !

– Pourquoi tu m'appelles ?

J'ai dû le réveiller.

– Parce que je suis chez ma grand-mère encore pour deux jours, mais j'ai quelque chose de très important à te dire et c'est trop long pour un texto.

– D'accord…

Il parle d'un ton plus éveillé mais nettement plus méfiant.

– Bon, j'ai vu Lea et ses amies au bar, le dernier soir avant les vacances.

– Oui.

– L'une d'elles, Bianca, semblait avoir trop bu. Et Lea et sa camarade, Maribel, essayaient visiblement de la retenir.

– Attends, tu vas me raconter un film d'horreur ou quoi ? Tu me fais peur.

– Mais non, n'aie pas peur.

– C'est tout ?

– Juste un petit truc marrant. Bianca voulait savoir si tu étais gay.

Je me suis lancé d'un coup, comme si j'arrachais un sparadrap.

– Oh ! souffle-t-il. C'est vrai ?

– Oui.

– Ah !

Je laisse passer un moment avant de demander :

– Ça se passe bien pour toi ?

– Oui. Ton histoire, ça explique pas mal de choses.

– Ah bon ?

– Oui, Lea semble toujours très contente de me voir. Et puis, on se met à parler de tout et de rien et la voilà qui prend l'air triste, comme si elle se rappelait quelque chose de désagréable. Moi, je croyais qu'il s'agissait d'un truc que j'avais écrit et qui ne lui avait pas plu. Ou d'une phrase qu'elle aurait entendue sur moi. Donc, je comprends mieux si elle croit que je suis gay.

– Je lui ai fait bien comprendre que ce n'était pas le cas.

– Merci. Enfin, ce n'est pas grave.

– Bon.

– Mais maintenant, je comprends tout ! s'écrie-t-il d'une voix nettement plus légère.

– Ravi si j'ai pu t'aider.

– Je vais te laisser, à présent. Parce que je déteste discuter au téléphone. Mais bravo, Casey !

– Merci. Je fais de mon mieux.

Danny (ami de Lea)

Lea a proposé qu'on se voie pendant les vacances d'hiver. Ça n'a rien d'extraordinaire. On passe beaucoup de temps ensemble. Non, ce qui m'a étonné, c'est le ton de son texto.

Selon sa demande, on se retrouve au restaurant de notre ville à midi, le lundi suivant le nouvel an.

– Salut, Daniel ! lance-t-elle, déjà assise dans un box.

– Salut, Azalea.

Je croise les mains, en prenant l'air aussi grave qu'elle.

– J'ai pris l'initiative de te commander des frites au fromage, parce que j'ai une mauvaise nouvelle à t'annoncer.

– Quoi ?

– Gabe Cabrera n'est pas homosexuel.

– Oh non !

– Oh si !

Je me prends la tête dans les mains. Je sais que j'en fais beaucoup, quelque part parce que je suis vraiment triste, mais également pour coller avec le ton dramatique de Lea.

Elle me tapote le bras.

– Alors ? dis-je en me redressant, tu vas en profiter ?

– Oui.

– Génial ! C'est le garçon le plus étonnant, le plus parfait de la planète. Si je ne peux pas sortir avec lui, autant que ce soit toi.

– Merci, Danny.

– Alors, comment tu l'as su ?

– Bianca a fait semblant d'avoir trop bu, le dernier soir de la fac, et elle est tombée sur Casey ; elle lui a demandé si Gabe aimait les filles.

– Génial ! Vous êtes vraiment des génies, vous les filles !

– J'aimerais pouvoir te dire que j'ai aidé Bianca à monter ce coup. En fait, je ne suis même pas sûre qu'elle l'ait préparé. Elle ne pouvait pas savoir que Casey serait tout seul au bar ce jour-là, à cette heure-là.

C'est là qu'une idée me vient :

– Si je comprends bien, ça a marché pour les fausses cartes ?

– Oui ! Même si je ne suis pas sûre qu'on ait raison de ne pas vouloir attendre d'avoir vingt et un ans. Je ne sais pas si je vais beaucoup utiliser la mienne.

– Pour moi, c'est très important.

– Désolée pour Gabe, en tout cas.

– Ce n'est pas ta faute s'il aime les filles. Ce n'est pas comme si tu étais canon au point de le faire changer de vie.

Elle éclate de rire. Et moi de me plaindre encore :

– Franchement, je croyais qu'il était gay. Je ne croyais pas me tromper à ce point. Peut-être qu'il est un peu bi ? Ou pansexuel ?

– Sûrement pas, dit-elle en souriant.

– Bi-curieux ? Peut-être un peu ?

– Tu le sauras si je l'apprends.

– Et moi, je t'aiderai à lui faire la cour, dis-je avec un clin d'œil.

Sam (frère de Gabe)

Gabe est assis sur un banc devant la bibliothèque quand je sors du travail, alors que le campus vient de rouvrir ses portes pour le nouveau trimestre. La tranquillité des vacances va me manquer.

Comme il ne lève pas la tête de son bouquin, je lui file un petit coup de pied sur sa basket.

– Salut !

– Oh, salut !

– Quoi de neuf ?

– Tu viens à la cafète avec moi ?

– Peux pas, j'ai base-ball.

– J'aurais jamais cru être jaloux d'une partie de base-ball. En plus, je suppose que tout le monde sera là-bas ?

– Ouais, mais je peux t'accompagner un bout de chemin si tu veux ?

– D'accord.

– C'est pour ça que tu es venu me chercher ? Parce que tu ne voulais pas dîner seul ?

– Maman a dit que tu travaillais, marmonne-t-il en haussant les épaules. J'ai pensé que ça te ferait du bien.

– Désolé.

– Pas grave. De toute façon, j'étais seul pendant les vacances. Et ma chambre à la fac est si minuscule, si calme et… Enfin, je ne sais pas, c'est dingue.

Je lui balance un coup d'épaule.

– C'est pas dingue. C'est juste que tu aimes bien ton grand frère.

– Ouais, ça doit être ça.

On avance quelques minutes en silence, dépassés par les gens pressés. Sans doute parce qu'il fait un froid de loup dehors. Pourtant, Gabe prend son temps.

– Tu connaîtrais quelqu'un qui cherche à embaucher du monde ?

– Tu as besoin d'argent ?

– Évidemment. Enfin, cette place de conseiller est géniale parce qu'elle me fournit un endroit pour vivre, mais il n'y a aucun salaire. Je me nourris essentiellement à la cafète et grâce aux cartes cadeau Starbucks de tante Kate.

– Qu'est-ce qu'elle a ? Pourquoi elle croit qu'on aime tant le Starbucks ?

– J'en sais rien. Mais vu mon peu de fric, je suis bien content d'en profiter. Et puis, je pourrais toujours y emmener une fille.

– Tu vas sortir avec Lea ?

– Je n'en sais rien. Peut-être que je me fais des idées. Mais je crois qu'il se passe quelque chose.

– Bon, si tu as besoin d'argent, je sais qu'ils embauchent à la bibliothèque. C'est propre, avec l'air conditionné. Ça ne sent jamais la graisse ou le lait tourné.

– Tu as une façon de présenter les choses…

– Et si je leur dis que mon frère cherche du boulot, ils te prendront.

– Cool.

Je voudrais en dire davantage, parce qu'il y a toujours autre chose à dire, mais je m'en tiens là. Je ne veux pas lui faire peur. Ses vacances se sont bien passées, il semblait content, plus à l'aise que depuis un bon bout de temps. Je crois que nos parents étaient contents de le revoir tel qu'en lui-même.

– Sinon, tout va bien ?

– Oui, répond-il. Comme on est en début de trimestre, je vais recevoir plein de visites d'étudiants inquiets pour leur emploi du temps, qui voudront savoir s'ils ont fait le bon choix ou non.

– C'était le cadet de mes soucis en première année.

– J'ai dû hériter d'un groupe de perfectionnistes.

– Tiens, dis-je en lui tendant un billet de dix dollars.

– Non, ça va.

– Prends-le. Tu me rembourseras quand tu auras un job. Si tu es seul pour le dîner, offre-toi au moins un truc sympa.

– Bon, d'accord. Mais c'est juste un prêt.

– T'inquiète. Je vais tenir un registre.

Il me tape le bras mais, au moins, il rit.

Maxine (serveuse)

Les deux chéris sont de retour, tout seuls, cette fois. Ça fait bien triste de les voir assis chacun de son côté, mais, au moins, cette fois, ils se sont adressé un sourire et un signe. Je crois que la fille se serait bien assise à côté de lui, seulement elle n'a pas remarqué sa présence avant que je lui apporte son plat.

Comme on est un dimanche bien calme, je décide de me mêler des affaires des autres.

– Vous pourriez vous asseoir à côté de lui.

– Mais s'il ne veut pas ?

Je me penche pour lui souffler à voix basse :

– Disons que vous iriez aux toilettes et qu'en passant devant sa table, vous lui demanderiez s'il attend quelqu'un.

– D'accord, murmure-t-elle, l'air ravie.

– Et s'il dit que non, demandez-lui s'il veut bien un peu de compagnie. Je parie qu'il va répondre que oui. Et s'il dit non…

– J'en mourrai de honte.

– Au moins vous saurez.

– Il est trop timide.

– Raison de plus pour prendre le taureau par les cornes.

– Il a l'air très occupé.

– Il feuillette un magazine, ma belle. Écoutez, qu'est-ce que vous faites ici toute seule ?

– J'avais faim et ma coloc n'est pas rentrée de vacances, et je n'avais pas envie de retrouver tout de suite mes autres amies.

– C'est sans doute pour la même raison qu'il est là. Et puis, la prochaine fois, vous ne serez pas obligée de venir seule, vous savez ?

Elle pousse un soupir, se lève.

Je regagne mon comptoir en faisant mine d'être très occupée à le nettoyer.

– Salut Gabe ! lance-t-elle.

Il sourit, lui adresse un signe de la tête. Timide de chez timide.

– Tu attends quelqu'un ?

Il fait non de la tête, rougit.

– Tu veux que je te tienne compagnie ?

– D'accord.

– Ça ne t'ennuie pas ?

Elle me donne envie de lui tordre le cou. Certes, il ne lui fournit pas les réponses qu'elle voudrait, mais il ne dit pas non, il ne se cherche pas d'excuses. Il y a des filles comme ça, trop aveuglées par l'intérêt qu'elles portent à certains garçons pour se souvenir qu'ils peuvent être timides.

Il fait oui de la tête.

Alors, elle va chercher son assiette et vient s'installer près de lui, l'air gênée.

– Ils font de bons cheeseburgers ici, observe Gabe.

– Oh oui !

Elle se met à manger tranquillement tandis que j'apporte celui du garçon.

– Vous changez tout le temps de place ! dis-je à la fille pour la taquiner.

Si seulement je pouvais les aider à briser la glace ! Je n'ai jamais vu deux gamins se ménager l'un l'autre à ce point.

Il croise les doigts sans la regarder. À l'évidence, il le fait exprès, comme si, en levant les yeux vers elle, il craignait qu'elle ne lise sur son visage à quel point elle lui plaît.

Elle me sourit, et je retourne derrière mon comptoir.

– Tu veux jouer au pendu ? lui propose-t-elle en sortant un crayon de son sac.

Il sourit, l'air soulagé.

Tous deux font plusieurs parties, jusqu'à ce qu'elle reçoive un texto.

– Ma coloc vient d'arriver ; il faut que j'y aille. On se revoit bientôt ?

Il hoche la tête, lui adresse un signe et elle s'éclipse. Il passe un bon quart d'heure à écrire quelque chose au dos d'un set de table, avant de le chiffonner et de partir. Je ne peux m'empêcher d'aller le déplier et de le lire :

Choses que j'aurais dû dire :

1. Comment vas-tu ?
2. Tu as passé de bonnes vacances ?
3. Tu es toujours inscrite au deuxième semestre d'atelier d'écriture créative ?
4. Au fait, j'aime les filles.
5. Je suis un peu idiot et je ne sais jamais de quoi parler.
6. Merci de t'asseoir à ma table.
7. Merci de jouer au pendu.
8. On devrait recommencer un de ces jours. Je pourrais te donner mon numéro de téléphone et, la prochaine fois, tu pourrais m'envoyer un SMS. Ou moi. On pourrait s'en envoyer et j'arrêterais d'être aussi bête et lamentable et je te parlerais même si je me sens bête et lamentable. Et il y a trop de choses que je voudrais encore te dire, parce que tu pourrais ne plus trop m'aimer si tu étais au courant, mais peut-être que si, quand même.
9. J'adore Buffy contre les vampires*.*
10. À plus. (Je ne t'ai même pas dit au revoir. Pourquoi je suis aussi nul ?)

Je dois me forcer à chiffonner de nouveau ce papier et à le jeter. Parce que j'ai surtout envie de le garder pour cette fille, pour qu'elle sache enfin l'effet qu'elle fait à ce garçon.

Maribel (camarade de Lea)

– Il vient de m'arriver un truc extraordinaire ! lance Lea en entrant dans notre chambre.

– Quoi ?

– Gabe et moi, on était à la même table au resto, on a mangé et joué au pendu.

– Tu es une bonne baby-sitter.

Elle se laisse tomber sur son lit en faisant la grimace.

– Non, dis-je aussitôt. C'est chouette ! Ne t'énerve pas.

Elle ôte ses chaussures, m'en jette une à la figure, me manque d'un mètre, ce qui me fait éclater de rire.

– Raconte-moi exactement ce qui s'est passé, sans rien me cacher.

– Bon, je crois que cette vieille serveuse au resto...

– Maxine ?

– Oui !

– Je l'adore.

– Moi aussi ! Je crois qu'elle voudrait que Gabe et moi... on sorte ensemble. Elle m'a conseillé de m'asseoir près de lui et elle nous observait en souriant.

– C'est bizarre, mais bon... Ça veut dire que des gens ont remarqué que vous étiez faits l'un pour l'autre.

– Tu as raison. Il était gentil mais trop discret, bien sûr. Alors, on a joué au pendu quand j'ai compris qu'il n'allait pas se lancer dans une conversation avec moi.

– Bravo ! Continue à l'occuper comme ça, montre-lui que tu l'acceptes. Bien joué.

– Merci, Madame.

Je range les vêtements sortis de ma valise.

– Autre chose ?

– Tu m'as appelée, alors je suis partie.

– Tu es partie ?

– Oui. Enfin, j'avais fini mon plat. Ça aurait fait bizarre que je reste.

Je me frappe le front.

– Oh, arrête ton cinéma ! me dit-elle.

– Non, mais tu aurais dû rester ! Vous auriez pu repartir ensemble. Pourquoi tu t'es barrée ? Juste quand vous commenciez à vous entendre ?

– Je ne sais pas ! s'écrie-t-elle avec un geste exaspéré. Parce que j'ai besoin de toi comme coach dans ma vie. Il faudrait que je porte en permanence un casque pour que tu m'avertisses chaque fois que je commets une bêtise.

– Si je comprends bien, je devrais te suivre en permanence, me cacher dans les buissons ?

– Par exemple.

– On va voir ça.

Casey (ami de Gabe)

– Comment ça se fait que Bianca t'ait demandé si j'étais gay ? lance Gabe à l'instant où je lui ouvre la porte.

Il a dit qu'il arriverait dès qu'il aurait terminé

son repas, mais ça remonte exactement à quatre minutes.

– Tu as fait super-vite !

– Ma voiture volante.

– Tu ne conduis pas.

On s'installe devant la télévision, et Gabe allume la console.

– Ça veut dire quelque chose, non ? soupire-t-il.

Je le laisse changer de sujet.

– Ça veut dire qu'elles parlaient de toi.

– C'est bien ce qui me semblait, mais je commençais à me demander si je ne me racontais pas des histoires.

– Pas du tout, elles parlaient bien de toi, c'est évident. Bianca, Lea et Maribel. Je t'ai dit comment elle avait recommencé à se présenter au beau milieu de la conversation ?

– Elle est trop adorable. Jamais elle ne pourra s'intéresser à moi. Je viens de dîner avec elle au resto…

– Holà, holà, holà ! Raconte-moi ça !

– D'accord, j'aurais dû t'en parler plus tôt, même si ça ne fait que cinquante-trois secondes qu'on discute.

– Vas-y !

– Attends, moi je n'ai rien dit. On est restés à la même table au moins vingt minutes. J'ai dû prononcer deux mots. Je n'y arrivais pas. Alors que, maintenant, j'en ai des millions qui me viennent à l'esprit.

– Des millions ? Tu sais combien il y en a dans notre langue ?

– Pas le sujet.

– Pardon, tu as raison.

N'empêche que je me promets d'aller vérifier sur Google. En attendant, je reprends mes encouragements auprès de Gabe :

– Tu vas y arriver. Tu la verras en cours, et quand elle vient aux fêtes qu'on organise ensemble...

– Mais comment tu passes d'un vague début d'amitié à un rencard ?

– Il faut lui parler.

– Ouais, comme si c'était facile.

– Attends, vous avez quelques points communs. Drague-la pendant les cours.

– Draguer pendant les cours ? répète-t-il comme un robot en se fichant de moi. Je calcule pas.

– Tu sais, les gens disent toujours : « Oh, ce Gabe, il est si gentil ! » Et moi je réponds : « Pas du tout. Pour moi, c'est un gland. »

– Va falloir que je fasse ressortir ma nature de gland.

– Bon, on va mettre une stratégie au point. On a deux trimestres devant nous. Déjà, on est sûrs qu'elle t'aime bien. Elle ne s'en cache pas. Tu m'as dit qu'elle t'avait même demandé de l'accompagner, l'autre soir. Les filles ne font pas ce genre de chose avec les mecs qu'elles n'aiment pas.

– Et si elle l'avait fait par pitié pour moi ?

– Pourquoi elle aurait pitié de toi ?

– Sais pas, en principe elle devrait pas.

Il baisse les yeux, alors je m'aventure en terrain miné :

– Elle n'est au courant de rien.

– Non, dit-il. Tu as raison.

– Évidemment que j'ai raison. Je suis ton maître Jedi.

– Pas vraiment.

Inga (professeur d'écriture créative)

– Prêt pour un nouveau semestre de plaisir ?

On est la veille du premier cours de l'année et Cole vient d'entrer dans mon bureau.

– Oh que oui ! répond-il.

– Alors, on commence par éliminer les pensums, ensuite on pourra bavarder ?

Nous discutons répartition des notations une bonne demi-heure, puis confirmons les heures de bureau. Je lui fais une description minutieuse de ma vision du cours, que je considère cette fois plus comme un atelier assorti de quelques devoirs et de beaucoup de critiques constructives.

– Ça m'a l'air sympathique, répond-il, comme toujours.

C'est de loin le meilleur assistant que j'aie jamais eu.

– Les vacances se sont bien passées ?

– Très bien. Avec ma copine, on a passé le nouvel an à Boston. Et vous ?

– Bien, dis-je avec un sourire. Et regardez-moi qui s'est inscrit pour le second semestre.

Je retourne le tableau.

– Oh ! Gabe et Lea !

– Et voilà, Cole. Ils seront ensemble pour tout le semestre. Alors, je me moque de ce qui peut se passer par ailleurs.

– Tu as tout de même vu qu'Hillary était également inscrite.

– Je sais, Ce n'est pourtant pas moi qui ai insisté.

– Je suis quand même un peu étonné qu'elle ait envie de continuer.

– Crois-moi, j'ai fait mon possible pour l'en dégoûter. Mais j'ai l'impression qu'au lieu de la décourager, ça l'a plutôt stimulée.

– Dommage. Cela dit, Inga, on doit reconnaître qu'elle écrit plutôt bien.

– Pour une écervelée, oui.

– Pour une écervelée.

Victor (étudiant en écriture créative)

Quand mes amis m'ont proposé d'aller voir un groupe dans un bar de la ville voisine, ils ont omis de préciser que les fans de cet orchestre étaient essentiellement des ados de seize ans qui n'arrêtaient pas de brailler.

Le pire étant que, parmi eux, se trouvent Girafe et Grand Pied.

Je ne sais même pas s'ils se sont vus. Et c'est très énervant, parce qu'ils devraient être ensemble. Ils se valent bien, tous les deux. Je vais essayer de leur faire comprendre, au cours des mois à venir, qu'ils devraient une bonne fois pour toutes former un couple et qu'on n'en parle plus. Ça devient agaçant.

Je fais de mon mieux pour les ignorer en draguant cette Lilla qui m'a repéré, selon mes amis ; mais, chaque fois que j'essaie de lui parler, elle s'en va en riant. Alors que je ne raconte rien de spécialement marrant.

Au milieu du concert, je monte au bar. On n'y sert pas grand-chose, ni apéro ni cocktail, mais au moins, je peux prendre une bière. Je ne vais pas faire le difficile, du moment qu'elle est fraîche...

C'est bien ma chance, il y a déjà une file d'attente et, devant moi, mes ennemis jurés.

– Ça fera six dollars, dit le barman à Grand Pied.

– Pour une bouteille d'eau ?

– Oh, j'ai aussi compté votre copine ! dit le mec en désignant Girafe.

Même dans cette semi-obscurité, je la vois rougir.

– Oh !

Grand Pied fouille dans sa poche, mais elle arrive.

– C'est fait, annonce-t-elle.

– Tu ne vas pas... balbutie-t-il.

– Pas grave. Tu paieras une autre fois.

J'ai presque envie de les cogner l'un contre l'autre. Ça les réveillerait peut-être ? Comment peuvent-ils être aussi aveugles ?

– Tu n'avais pas à faire ça, marmonne-t-il.

– Commence par dire merci.

Même quand elle répond une vacherie, elle le dit sur un ton charmant.

– Merci.

– De rien.

Là-dessus, elle tourne les talons et s'en va.

Grand Pied me voit et me jette un regard mauvais avant de retourner avec ses amis.

Au moins, il ne s'est pas montré agressif.

Jamais je ne supporterais un coup de ses grands pieds.

Maribel (camarade de Lea)

– Où tu étais passée ?

Je n'ai pu m'empêcher de crier ça à Lea alors qu'elle nous rejoint sur la piste, avec Bianca.

Elle nous tend une bouteille d'eau.

– Merci ! dis-je avant d'en boire une grande goulée. Ça fait du bien !

Au milieu de la musique, Lea nous attire toutes les deux dans un coin.

– Gabe est ici ! annonce-t-elle.

– On dirait que ça ne te fait pas plaisir ! dit Bianca.

– Ça me ferait plaisir s'il n'était pas aussi... panouille, quelquefois !

– C'est quoi, panouille ?

– Nouille, mais en pire.

– Et pourquoi tu le trouves panouille ?

– Le barman a additionné sans le faire exprès nos deux bouteilles d'eau, alors je les ai payées, et Gabe avait l'air de ne même pas vouloir me remercier.

– Normal, commente Bianca. Tu as porté atteinte à sa virilité.

– Pas du tout ! Il fouillait dans ses poches. Moi j'ai sorti dix dollars, et c'était fait. Vas-y, je paie, panouille.

– Et arrête de faire le panouille !

J'ai crié bien fort, ce qui fait rire Lea.

– Je sais qu'il ne va pas tomber automatiquement amoureux de moi. Mais il pourrait au moins être gentil. Pas besoin qu'il explose de joie pour une simple bouteille d'eau, seulement s'il ne voulait pas que je paie...

– Lea, ma chérie, ma camarade, ma chère amie, dis-je en lui posant les mains sur les épaules, calme-toi. Tu fais de ton mieux pour ne pas ignorer ce garçon ; tu fais ce que tu peux et je trouve que tu t'en sors très bien ; et s'il ne t'aime pas, envoie-le promener !

– Merci.

– Parce que tu es super-gentille avec lui, tandis qu'il se montre trop...

– Distant ? suggère-t-elle.

– Oui, distant.

– Je sais, mais j'ai l'impression qu'il est comme ça avec tout le monde, pas juste moi.

– Et, ajoute Bianca, n'oubliez pas qu'il reconnaissait sa timidité dans sa rédac.

– Autrement dit, il faut que je continue.

– Oh ! je ne te disais pas d'arrêter, je voulais juste t'aider à relativiser.

Elle me serre dans ses bras et on regagne la piste.

Casey (ami de Gabe)

Gabe reste avachi sur sa chaise depuis un bon quart d'heure, depuis qu'il est allé chercher sa bouteille d'eau. Jusqu'à ce que je réagisse :

– Qu'est-ce qu'il y a ?

Il plisse les yeux vers moi.

– Hein ?

Je lui crie directement à l'oreille :

– Qu'est-ce qui se passe ?

– Oh, Lea ! Elle m'a payé ça.

– Fantastique !

– Non, sérieux. C'était juste parce qu'elle était gênée pour moi. Le barman nous a mis sur la même note, mais je n'avais pas assez pour payer pour nous deux. Elle a dû bien voir que je fouillais dans mes poches et je suis passé pour le super-tocard.

– La prochaine fois, c'est toi qui paies. Maintenant que tu as un job à la bibliothèque.

– C'est quand, la prochaine fois ?

Je lui jette un regard excédé et il se remet à bouder un quart d'heure.

Quand j'aperçois Lea et ses amies qui sortent, je lui fais signe d'aller la rejoindre pour lui parler, mais il fait non de la tête. Je lui attrape le bras et l'entraîne de force.

– Dis-lui que la prochaine fois elle n'y coupe pas.

– La prochaine fois, tu n'y coupes pas ! crie-t-il à Lea.

Elle n'a pas trop l'air de comprendre et les trois filles disparaissent dans un courant d'air froid.

– J'avais l'air du méchant dans un dessin animé. Elle va peut-être avoir peur de moi, maintenant.

– Tu n'étais pas obligé de répéter ma phrase mot à mot.

– Je t'ai dit que j'étais nul dans ce domaine.

– J'aurais dû t'écouter.

Écureuil !

Le garçon passe le premier, mais j'ai trop faim pour le suivre.

Et puis, c'est la fille qui arrive sur la pelouse, alors je m'assieds en espérant qu'elle va me voir et s'arrêter pour parler. Et me donner à manger.

Je ne retrouve pas mes glands et il va bientôt neiger.

Alors, je ne les retrouverai plus jamais.

– Hé, petit père ! dit-elle en m'apercevant.

Je me tiens bien droit, fais foisonner ma queue, cligne des yeux.

– Je n'ai rien à te donner aujourd'hui.

Elle fronce les sourcils.

– Tu m'as l'air bien maigrichon.

J'essaie de froncer les sourcils.

– La prochaine fois, je t'apporte à manger. Promis.

Coup de chance, je suis distrait par une feuille qui s'envole dans la brise. Je cours après.

Charlotte (une barmaid)

Voilà un moment que je n'avais pas vu Gabe et Lea ici, bien que ça n'ait rien d'extraordinaire à cette époque de l'année. Mais je suis presque contente lorsque Gabe entre, en ce mardi après-midi. Il commande un café et s'installe pour faire ses devoirs. Une dizaine de minutes plus tard, c'est Lea qui passe la porte, toujours aussi vive et gracieuse, au point que je la déteste et l'envie à la fois.

– Bonjour, dis-je alors qu'elle s'approche du comptoir.

– Salut !

Elle a l'air toute contente et je ne crois pas qu'elle ait encore remarqué la présence de Gabe. Et voilà que, comme s'il percevait mes pensées, il surgit derrière elle.

– Salut ! lui dit-il.

Elle en paraît toute troublée.

– Hello !

– Cette fois c'est pour moi, dit-il.

– Oh ! tu n'es pas obligé.

– J'y tiens. Je crois que je me suis comporté comme un méchant de dessin animé, l'autre soir, quand j'étais saoul.

– Ça faisait un peu méchant de dessin animé en effet.

Je n'en reviens pas. Il s'est vraiment passé quelque chose entre eux depuis un mois. Parce que la dernière fois que je les ai vus ici en même temps, c'est tout juste s'ils se sont salués ; et voilà que Gabe lui offre un verre. J'ai vraiment hâte que Keith revienne de sa pause. Il sera trop jaloux d'avoir manqué ça !

– Je ne t'ai pas offert à boire pour t'obliger à en faire autant, dit-elle. C'était juste le hasard.

– Alors, pourquoi tu as dit...

Il s'interrompt en secouant la tête, passe à autre chose :

– Écoute, ma tante me donne régulièrement des cartes cadeau Starbucks. Pour Noël, elle m'en a offert une de cinquante dollars. Elle doit avoir des actions chez eux ou quelque chose comme ça. Alors, je peux bien t'offrir un truc.

Elle a l'air toute surprise.

– Jamais je ne t'ai entendu autant parler, sauf aux cours.

Ce qui n'était certes pas la chose à dire, car il referme aussitôt la bouche et rougit jusqu'aux oreilles. Cette conversation vire à une situation qui me paraît presque insupportable. Il a l'air atrocement vexé.

– Pardon, dit-elle en lui plaçant une main sur le bras. Je ne disais pas ça pour t'embêter. Ça fait plaisir de t'entendre parler.

– C'est bon, soupire-t-il. On me le dit souvent. Je ne parle pas beaucoup, je sais.

– Je commence à m'en apercevoir.

– Je t'offre quand même un verre, reprend-il en penchant la tête avec une expression adorable.

– D'accord.

Elle se tourne vers moi et, bizarrement, la tension qui régnait ici il y a quelques secondes a soudain disparu comme par un coup de baguette magique.

– Un grand latte peppermint, s'il vous plaît.

Il reste près d'elle tandis qu'elle attend sa tasse, et il va jusqu'à lui demander :

– Tu veux... euh... tu peux dire non si tu ne veux pas, mais sinon, tu veux t'asseoir avec moi ?

Je dois reconnaître que c'est vraiment touchant, surtout qu'il garde les mains enfoncées dans ses poches et tape du pied sans la regarder. Quel dommage que je sois le seul témoin de cette scène !

Il ferait mieux de regarder Lea, car elle semble absolument ravie. On dirait la fille la plus heureuse du monde en train de vivre le plus beau jour de sa vie.

– Je veux bien, dit-elle.

Il relève les yeux en souriant.

– C'est vrai ?

– Oui.

Alors qu'ils vont s'asseoir, Keith arrive enfin.

– Purée ! s'exclame-t-il. Ils sont à la même table !

Je lui raconte en riant ce qui vient de se passer.

Ils restent assis là près d'une heure, dans l'espace de la baie vitrée. Ils ne parlent pas beaucoup mais se regardent par-dessus leurs livres. Ils n'ont pas besoin de paroles pour flirter.

Ce serait insupportable si ça n'était pas aussi adorable.

Banc (sur la pelouse)

Personne ne s'assied sur moi de tous ces fichus mois d'hiver, à part cet idiot d'écureuil. Et voilà qu'il neige ; je vais être couvert de blanc des semaines durant, je serai bien humide et je ne verrai pas un seul derrière.

Tous ces ingrats passent devant moi heure après heure, jour après jour, semaine après semaine. Personne ne regarde dans ma direction, c'est comme si je n'existais pas.

Si je le pouvais, je dresserais des pics à ma surface. Ça leur apprendrait, à l'arrivée du printemps, quand les oiseaux se mettent à gazouiller, quand le soleil reparaît. Ils s'assiéraient et je hisserais un pic en plein dans leurs derrières. Et là, je ne ferais plus juste partie du paysage.

FÉVRIER

Pam (épouse d'Inga)

Inga me jette un regard soupçonneux quand elle m'aperçoit derrière la porte vitrée de la classe. Elle m'adresse un signe.

– Ça va ? demande-t-elle quand j'entre, l'air vaguement inquiète. Tout se passe bien ?

– Oui, je venais voir si tu voulais déjeuner.

Face à nous, les étudiants travaillent ensemble en se parlant à voix basse. Je comprends pourquoi Inga adore ce groupe.

– Pour mieux espionner mon petit couple ? murmure-t-elle entre ses dents.

– Oui, peut-être aussi.

Elle prend un air amusé.

– Je suis sûre que tu pourrais les repérer.

J'inspecte la salle et, elle a raison, c'est facile de les reconnaître une fois qu'on en a entendu parler. Leurs bureaux sont rapprochés, ils parlent encore plus bas que les autres, mais leur langage corporel en dit des masses.

Je comprends pourquoi ils ont tant ému Inga.

– Il y a combien de syllabes dans « sourire » ? demande un étudiant.

– Ils préparent un haïku, m'explique Inga.

Je contemple Gabe et Lea encore quelques minutes, jusqu'à ce qu'Inga annonce la fin du cours.

– Ils sont fascinants, dis-je alors que la porte se referme.

– N'est-ce pas ? Elle cherche sans cesse à le faire rire et il s'illumine chaque fois qu'elle dit quelque chose.

– Enfin, dis-je.

– Enfin.

Bob (conducteur de bus)

Je suis en pleine pause devant le foyer quand je vois sortir mes deux étudiants préférés. Ces derniers temps, ils n'ont pour ainsi dire pas pris le bus, alors ça fait du bien de les apercevoir de temps en temps. La fille franchit la porte, et ils s'interpellent :

– Salut, Gabe !

– Salut, Lea.

Content de connaître leurs noms, ça rendra mes comptes-rendus pour Margie plus vivants.

Ils s'arrêtent au milieu du flot des étudiants et se regardent.

– Tu as... commence-t-elle.

– Je peux... ? demande-t-il en même temps.

Je ne saurai jamais ce qu'ils allaient dire car, à ce moment-là, quelqu'un le heurte de côté et tous deux semblent perdre le fil de leurs pensées.

– Je ferais mieux de... dit-il en désignant la direction opposée.

Elle hoche la tête et s'en va vers l'entrée du foyer.

Ils me rappellent exactement Margie et moi, à trois différences près. On s'est rencontrés dans un bar, on n'a pas fait d'études supérieures et elle n'est pas asiatique. Sinon, ils me font tout à fait penser à nous. Je lui en ai parlé et, maintenant, elle aime bien quand je lui apporte de nouveaux détails. Parfois, je brode, quand je ne les ai pas vus depuis longtemps.

Mais là, je vais pouvoir lui dire que j'ai été directement témoin de leur bonheur, même s'ils paraissaient intimidés. C'est comme notre petit feuilleton que personne d'autre ne connaît.

Maintenant, ils sont repartis, alors je me replonge dans mon journal en tremblant de froid. Mais j'ai bien besoin de prendre l'air après être resté trop longtemps enfermé dans mon bus.

La météo semble dire qu'on va avoir droit à une bonne tempête de neige, la pire depuis plusieurs années. J'espère qu'ils vont fermer l'école, car je déteste conduire dans de telles conditions. Ce n'est peut-être pas très professionnel, mais personne ne devrait conduire par mauvais temps.

Casey (ami de Gabe)

J'entre dans l'ascenseur de la résidence de Gabe et appuie sur le bouton du huitième étage, longe le corridor pour aller frapper à sa porte, en espérant qu'il est là.

– Salut ! lance-t-il en ouvrant la porte.

– Il neige.

– Je sais.

– On va tous jouer au football et je suis venu te dire de ramener tes fesses.

Il soulève sa manche gauche et me montre un bandage autour de son coude.

– Qu'est-ce qui s'est passé ?

– On m'a retiré mes broches ce week-end. Tu écoutes quand je te parle ?

– Pas toujours. Comme ça, tu ne peux pas sortir du tout ?

Il lève les yeux au ciel.

– Si, je peux sortir, mais pas jouer au football.

– Tu pourrais au moins nous soutenir. J'ai entendu dire que Lea serait dans les parages.

Il semble content d'apprendre la nouvelle, mais se rembrunit.

– Je vais m'habiller plus chaudement.

J'entre dans sa minuscule chambre, qui rappellerait plutôt une cellule de moine, à peine assez grande pour contenir son lit, son bureau et son armoire. Pendant qu'il se change, j'examine les images qu'il a accrochées sur son panneau de liège.

Il finit d'accrocher son sweat de base-ball du lycée.

– Voilà, dit-il, j'ai mis plusieurs pulls et j'ai rembourré le bandage de mon coude.

– Tu habiteras où, l'année prochaine ? Tu y as réfléchi ?

Il hausse les épaules en attrapant son blouson de ski.

– Peut-être que je reprendrai cette chambre. Je ne sais pas exactement ce qui me réussit le mieux, mais c'était sympa de la part de l'université de me trouver une compensation pour la bourse que j'ai perdue. J'espère que ça va continuer.

– Si ça ne marche pas, je crois que quelqu'un va déménager de notre maison. Tu pourrais nous rejoindre, Sam et moi.

– Tu resteras dans le coin quand tu auras ton diplôme ?

– Je ne sais pas, sans doute. On te tiendra au courant.

– Ça revient très cher, marmonne-t-il.

– Tu es trop jeune pour trop t'en faire avec l'argent.

Il enfile ses gants en riant et fourre un bonnet dans sa poche.

– Entendu. On y va.

– Désolé d'avoir oublié pour ton coude, dis-je dans l'ascenseur.

– Pas grave.

– Ça te fait mal en ce moment ?

– Oui, mais rien à voir avec le jour où ça s'est passé. Je sens surtout les cicatrices des broches.

– Je suis nul d'avoir oublié.

– Il faut dire que je n'en parle pas souvent.

Il se met à siffloter. Message reçu. On passe à autre chose.

On sort et, bien qu'il soit quatorze heures, on se croirait déjà le soir.

– D'habitude, la neige rend le paysage hyper-brillant, observe-t-il.

– Il doit y avoir trop de nuages, ou un truc comme ça.

– Merci, Monsieur Météo.

On met dix fois plus de temps que d'habitude pour traverser la pelouse couverte d'au moins vingt centimètres de neige.

J'en profite pour lui demander :

– Tu en es où avec Lea ?

– Pas loin.

– Tu comptes... lui proposer de sortir avec toi ?

– Je ne sais pas comment m'y prendre.

– Tu n'as qu'à dire : « Hé, Lea, si on allait faire un tour ensemble ? »

– Je n'ai pas de voiture.

– Et alors ?

– J'aurais pu l'emmener au cinéma.

– Réfléchis un peu, Gabe. Tu doutes trop de toi. Sois plus positif.

– On va bien voir ce qui se passera si elle est là aujourd'hui.

On arrive au terrain de foot où se trouvent déjà pas mal de gens, y compris Bailey et plusieurs de mes colocs.

– Prêts pour une partie ? lance Bailey.

– On avait oublié son coude.

– Oh merde ! Alors, qu'est-ce que tu fais là, Gabe ? Il faut te couvrir et rentrer chez toi.

– On croirait entendre ma mère.

– Ouais, je suppose que madame Cabrera serait de mon avis.

– Bon, ça va ! rouspète Gabe. Je suis là parce que...

Il regarde autour de lui et sourit avant d'achever sa phrase. Au bout du terrain, il vient d'apercevoir Lea et ses amies qui arrivent dans notre direction.

– Bailey a organisé ça pour toi, dis-je à Gabe en lui tapant sur l'épaule. Il avait le numéro de Bianca depuis une quinzaine de jours.

– Je vais me geler les fesses.

– Lea te les réchauffera.

– Allez, ajoute Bailey, va t'asseoir sur ce banc.

– Le banc complètement couvert de neige ?

– Oui. Nettoie-le et peut-être que les filles se joindront à toi.

Il y va en marmonnant, enfile son bonnet, remonte sa capuche avant d'aller chasser la neige du banc.

– Je m'en veux un peu, dit Bailey.

– Il a l'air d'aller très bien. Viens, on s'y met.

Sam nous rejoint au petit trot.

– Pourquoi tu ne nous as pas dit que Gabe se faisait enlever ses broches du coude ?

Il fait la grimace.

– J'avais complètement oublié. Je suis le pire des frères.

Bianca arrive en disant qu'elle veut jouer, mais Maribel et Lea s'asseyent à côté de Gabe. Je suis content de voir Lea près de lui. Malheureusement, il semble mettre le plus de distance possible entre eux, l'air de s'accrocher au bras du banc.

Pendant la partie, je ne m'occupe plus trop d'eux mais, finalement, tout le monde se livre à une bataille de boules de neige plutôt qu'à une partie de foot. Sur le banc, Gabe est assis tout seul, apparemment en train de discuter avec un écureuil.

Parfois, il m'inquiète.

Banc (sur la pelouse)

Bien, bien, bien. Il semblerait que quelqu'un finisse par me nettoyer. Sans doute pour fabriquer quelques boules de neige ou un igloo, ou je ne sais quoi. Mais ça fait du bien de sentir de nouveau le vent après avoir passé des semaines sous la glace.

Que se passe-t-il ? Ils vont vraiment s'asseoir ? Se pourrait-il que ce soit justement mon derrière favori ? Décidément, tout va mieux, aujourd'hui, quand je croyais devoir encore supporter de longs jours de solitude dans cette toundra.

Il m'apparaît un peu tendu.

Oh non ! C'est parce qu'il semble que quelques dames se joignent à lui. Terrible. Elles déséquilibrent toute la structure et il en a l'air tout retourné. Partez, Mesdames, vous troublez ce derrière parfait.

– Salut Gabe, lancent-elles ensemble.

Il ne répond pas, mais je suppose qu'il leur a quand même adressé un signe.

– Quoi de neuf ? s'enquiert une des filles.

Pas de réponse.

– Pas trop emballé par le foot ? demande l'autre.

Je le sens hausser les épaules, mais j'aimerais pouvoir lui dire qu'il ferait mieux de parler. À moins qu'il n'aime pas ces nanas ; c'est peut-être pour ça qu'il est si tendu.

Passé un bon moment, trop long pour répondre à une question, il laisse tomber :

– Je me suis blessé au coude.

– Et ça va ? reprend une des deux filles d'un ton angoissé.

De nouveau, il met un temps fou à répondre. Qu'est-ce qu'il a, ce garçon ?

J'espère que les filles ne vont pas tarder à partir afin qu'il puisse se détendre et moi profiter de nos moments ensemble.

Maribel (camarade de Lea)

Lea fait vraiment son possible pour parler à Gabe, mais il ne lui facilite pas les choses. Je commence à me dire qu'il est beaucoup plus bizarre que je ne l'aurais cru. Ou alors, c'est que le vent couvre trop nos voix. J'en suis malade pour Lea.

– Quel sujet tu as pris pour ta rédac ?

Il se gratte le visage, secoue la tête, mais je ne suis pas certaine qu'il faille y voir une réponse ou juste un geste pour se débarrasser d'un flocon de neige.

– Alors comme ça, insiste-t-elle, tu jouais au base-ball au lycée ?

Ce disant, elle montre son t-shirt sous le blouson qu'il a ouvert. Je devrais lui crier de le refermer. On gèle. Il croise les bras en lui souriant.

– Oui, je jouais au softball, murmure-t-il.

J'aurais presque l'impression de déranger, mais il ne cesse pas de la regarder. Comme s'il essayait de lire dans ses pensées.

– Il fait froid, dis-je. Venez, on va jouer.

Elle jette un regard triste sur Gabe, puis adresse un signe au groupe.

Il fait mine de taper sur le bord d'une casquette imaginaire ; ainsi je sais qu'au moins il possède quelque part de la personnalité.

– C'était pénible, me souffle-t-elle à l'oreille alors qu'on rejoint le groupe.

– Contente que tu t'en sois rendu compte.

– Je ne me fais aucune illusion, Mar.

Je m'en veux un peu, car elle était si contente en arrivant alors qu'à présent elle n'y comprend plus rien. Le garçon qui vous attire ne devrait jamais vous faire douter ainsi.

Je prépare une boule de neige que je lance à Casey. Il me jette un regard faussement surpris avant de me rendre la pareille.

Mais moi, je surveille du coin de l'œil Gabe qui a l'air tout triste et tout petit, et qui parle à un écureuil.

Écureuil !

Voilà longtemps que personne n'était venu se balader sur la pelouse, et tous ces gens sont maintenant là, à jouer, et je me demande s'ils savent où se trouvent mes glands.

Je cours autour d'eux tout en me méfiant de ne pas me faire marcher dessus. C'est arrivé à un de mes amis et il n'a jamais plus pu hérisser sa queue. Après avoir escaladé et descendu tous les arbres, puis encore suivi leurs jeux, j'aperçois quelqu'un tout seul sur un banc.

Il aime bien cette fille, c'est certain. Tout à l'heure, elle était assise à côté de lui, mais maintenant elle est partie et il en paraît tout triste.

Je zigzague vers lui, saute sur le banc, reste là un instant. C'est mon banc préféré. Je suis content que tous ces gens soient là, mais je suis triste que ce garçon ait l'air si triste.

– C'est nul, marmonne-t-il.

Il me parle ?

Je lève les yeux vers lui et il baisse les siens vers moi.

– Comment ça va, petit écureuil ?

Je suis fou de joie ! Hourrah ! Je me suis fait un autre ami. Il va peut-être pouvoir m'aider à retrouver mes glands !

– C'est à toi que parle toujours Lea ?

Je fais foisonner ma queue en espérant que c'est la réponse qu'il attend de moi.

– Je parie que ce n'est pas mal d'être un écureuil. Je suis sûr que tu te sens plus tranquille que moi. Comme si la fille qui te plaisait venait de passer une demi-heure avec toi sur un banc et que tu lui avais parlé. Mais je ne l'entendais pas bien dans ce vent, sous ma capuche et mon bonnet. Et j'avais envie de changer de place, ça m'aurait facilité les choses, seulement son amie était là et je ne pouvais rien faire sans que ce soit aussitôt mal interprété. Maintenant, je vais devoir tout lui expliquer, mais je ne veux pas que ça lui fasse de la peine. En plus, je n'aime pas parler de ça.

Je me tourne vers lui pour le regarder en face. Je ne sais pas de quoi il parle, pourtant il paraît vraiment très triste. Je cherche un moyen de le rendre plus joyeux.

– On s'en va ? lui lance un de ses amis.

À moins que ce ne soit son frère. Ils se ressemblent assez tous les deux. Mais, pour moi, les humains se ressemblent tous.

– Oui.

– Tu veux dire au revoir à ton nouvel ami l'écureuil ?

– Au moins, lui, il écoute !

– Moi aussi, je t'écouterais si tu me faisais confiance.

Sam (frère de Gabe)

Gabe ne répond pas tout de suite et j'ai l'impression de me retrouver dans une émission pour enfants.

– Je sais bien que tu écouterais.

– C'est déjà ça.

– Sauf que je n'ai rien à dire.

– Tu n'as rien à dire d'important. Je sais que ta vie est nulle depuis un an et j'en suis désolé.

– Merci.

On rentre lentement vers ma maison. J'ai dit à mes colocs d'aller prendre leur pizza sans moi. Je voyais bien que Gabe avait quelque chose derrière la tête, alors il va peut-être m'en parler si on reste tous les deux tout seuls.

– L'autre nuit, je ne me suis pas réveillé pour l'exercice incendie.

– C'est vrai ?

– Oui.

– Comment ça se fait ?

– Je me suis endormi sur ma bonne oreille avec un écouteur.

– C'est malin !

– Je sais. Je ne me rendais pas compte à quel point j'étais nul.

– Tu aurais pu... mourir.

– J'espère que quelqu'un aurait vu à temps que je n'étais pas là et qu'ils auraient envoyé des pompiers ou quelque chose comme ça.

– Gabe, ce n'est pas le moment de dire n'importe quoi.

– Je ne dis pas n'importe quoi, j'essaie de me rassurer.

Là, je ne vois pas quoi lui répondre.

– En fin de compte, c'est la lumière clignotante qui m'a réveillé et je suis sorti par la porte d'incendie alors que tout le monde rentrait.

– Tu devrais peut-être vérifier où tu en es.

– Non, c'est fini maintenant.

– Tu as faim ?

– Bien sûr.

Alors qu'on allait entrer dans ma rue, on bifurque vers la boutique à sandwichs. Au moins, je pourrai lui offrir un pan bagnat aux boulettes.

Juste avant de commander, il m'arrête.

– Il faut que je remette de l'ordre dans ma tête. Parfois, je me sens submergé, je n'y comprends plus rien. Et puis, ça me revient. Ça donne trop... d'émotions. J'ai horreur de ça.

Je hoche la tête. Trop d'émotions.

– Je vois toujours cette psy, et ça va mieux.

– Bon.

– Mais aujourd'hui, avec Lea, ça a dérapé. Comme si tout ce qui cloche chez moi lui sautait aux yeux.

– Elle t'a beaucoup parlé.

– Je n'entendais rien.

– Ce n'est pas normal.

– Crois-moi, c'est aussi ce que j'ai pensé.

– Bon, parce que sinon je vais encore devoir jouer les grands frères.

Il me pousse vers l'intérieur et claque la porte derrière lui avant que je ne percute ce qui s'est passé.

– Tu ne peux plus jouer les grands frères maintenant que je suis plus grand que toi, marmonne-t-il alors qu'on prend la file d'attente.

Je ne réponds pas.

– Qui ne dit mot consent, ajoute-t-il le plus sérieusement du monde.

J'éclate de rire. Quelque part, j'aurais plus de chance en jouant les petits frères.

Danny (ami de Lea)

- Il travaille à la bibliothèque ! dis-je à Lea en la serrant dans mes bras.

- Gabe ?

- Oui.

Je me suis résigné à l'idée que Gabe ne serait jamais à moi, alors j'ai bien l'intention d'aider Lea à lui plaire.

- Viens, on va le suivre un peu.

Je la prends par le bras et on entre dans la bibliothèque.

- Tu n'as pas l'air particulièrement ravie, lui dis-je en franchissant les portes.

- Je le trouve un peu bizarre ces temps-ci.

- Comment ça, bizarre ?

- Tu vois, ça s'est bien passé au début. On riait, tout avait l'air normal quand je le voyais, on se parlait et on a même dîné.

- Mais...

- Mais pendant la tempête, je m'étais assise à côté de lui sur le banc, parce qu'il s'était blessé au coude et qu'il ne pouvait pas jouer au football.

- Il s'est blessé au coude... dis-je une main sur le cœur. Pauvre choupinou !

Elle sourit.

– Je lui ai parlé, posé un tas de questions, mais il n'a jamais répondu. Il haussait les épaules sans rien dire. Je croyais qu'on avait dépassé ce stade, tu vois ?

Je prends un air compatissant.

– De toute façon, continue-t-elle, je ne peux pas me plaindre. Il n'a rien fait de mal. Mais je ne peux pas m'empêcher de penser qu'il m'a rendu la monnaie de ma pièce pour l'autre jour au Starbucks et qu'il ne veut plus m'adresser la parole.

Devant l'ascenseur, elle semble tout abattue. Je lui soulève le menton.

– Ne sois pas si triste.

Ce qui me vaut une moue et un geste agacé pour que je la lâche. Je la prends par la main et l'entraîne dans la cabine.

– On va trouver ce garçon et l'obliger à te parler.

– Je te trouve trop directif.

– D'accord, alors on va prendre une table au balcon et tu pourras le regarder d'en haut.

– Je préfère nettement.

Nous trouvons une table qui donne sur le grand atrium au centre du bâtiment. Et là, nous continuons à bavarder, jusqu'au moment où Lea se fige.

– Regarde, murmure-t-elle.

Apparaît Gabe qui pousse son chariot plein de livres. Je ne peux m'empêcher de vérifier comment fonctionnent les muscles de son épaule.

– Je suis sûre que son coude lui fait encore mal, dit-elle.

– Il a effectivement l'air de compenser de l'autre côté.

Le menton dans la main, elle le suit des yeux jusqu'à ce qu'il disparaisse.

– Tu l'aimes beaucoup, lui dis-je.

– C'est vrai. Mais j'ai tort. Il n'en a rien à fiche de moi. Quand on tient à quelqu'un, on ne reste pas assis à côté pendant une demi-heure en plein froid sans dire un mot. On ne lui parle pas pendant les cours pour l'ignorer le reste du temps.

J'approuve de la tête. Elle a raison.

– Allez viens, dit-elle. C'est trop débile de le suivre ainsi.

Alors qu'on récupère nos affaires, l'ascenseur sonne derrière nous et qui en sort ? Gabe.

Lea le dévisage un instant. Il lui adresse un signe de la main. Elle s'approche d'un pas, s'arrête.

Elle se tourne vers moi, me prend par le bras.

– On s'en va.

Je ne dis rien tant qu'on descend l'escalier, jusqu'à ce qu'on se retrouve dehors. Là, je me lâche :

– Qu'est-ce qui t'a pris ?

– Je ne sais pas. Je crois que je dois cesser de me torturer à son sujet.

– Il voulait visiblement te parler.

– Sauf que j'aurais dû me taper toute la conversation et qu'il se serait encore détourné. Je n'ai plus envie de jouer à ce petit jeu.

Je la serre dans mes bras et l'entraîne vers la cafète.

– Tu as besoin d'un bon petit dessert.

Casey (ami de Gabe)

– Tu en fais une tête ! À croire qu'on vient de tuer ton chien.

Je retrouve Gabe à la sortie de la bibliothèque où il vient de terminer sa journée de travail. On va dîner ensemble. Il m'a généreusement proposé de partager son repas.

– C'est presque pire, soupire-t-il, l'air consterné.

– Tu veux en parler ?

– Lea était à la bibliothèque avec un autre mec, finit-il par avouer.

– Et ?

– Et elle m'a vu, je lui adressé un signe et elle m'a tourné le dos.

– Ouille !

Je regrette aussitôt ma réaction. Inutile d'entraîner Gabe dans cette spirale.

– Tu devrais peut-être lui demander qui c'était, la prochaine fois que tu la verras.

– Je ne sais pas. Ils avaient l'air si proches. Lui, je ne l'ai pas trop regardé, mais il lui a caressé le visage et l'a prise dans ses bras.

– Ça ne veut pas dire qu'ils sortent ensemble. Ils sont sans doute juste amis.

– Je ne sais pas, on aurait dit plus que des amis.

Il tend sa carte à l'employée de la cafète et demande un repas invité, alors elle la coche deux fois.

Le temps qu'on se serve, il ne dit pas grand-chose et on va s'installer à une table.

– La journée avait pourtant bien commencé, soupire-t-il en entamant son feuilleté au poulet.

– Alors, pourquoi tu frappes comme un malade ce chausson qui ne t'a rien fait ?

Il m'adresse une grimace avant de poursuivre :

– Ce matin, je me suis réveillé de bonne humeur. J'avais l'impression que j'y arriverais. Bon, la vie n'est pas parfaite, parfois ça déraille un peu, mais ça pourrait être bien pire. Je gagne de l'argent. J'ai des amis, j'obtiens de meilleurs résultats qu'au trimestre précédent. Et puis, j'aime bien mon poste au dortoir. Ça me fait du bien d'aider les premières années.

Pendant que Gabe parle, j'ai envie d'envoyer un texto à Sam pour lui annoncer que Gabe dit des choses importantes. Sauf que je ne vois pas comment tourner mon message. Je perds mes moyens dès qu'il faut exprimer une émotion.

– Toujours est-il que je commençais à croire à une relation possible entre Lea et moi, et voilà qu'elle se pointe à la bibliothèque au bras d'un autre mec.

– C'est nul. Si je pouvais faire quelque chose...

– Je sais, tu es gentil. Je veux juste revenir sur le fait que si, un jour, il se passait quoi que ce soit entre elle et moi, je serais obligé de lui raconter ce genre de détail minable.

– Ce n'est pas minable.

– Sans doute, c'est moi qui me sens minable et je ne veux pas lui donner cette impression... C'est trop compliqué dans mon esprit. Je ne me vois pas lui raconter ce qui m'est arrivé.

– Et si tu commençais par en parler à d'autres gens ? Ça te décontracterait peut-être.

Il m'interroge du regard. J'explique :

– Je me suis inscrit au cours sur les psychopathologies pour pouvoir y rencontrer des filles.

– Je devrais peut-être en faire autant.

– Non, je veux juste dire que la désensibilisation est une forme de thérapie tout à fait valide.

Il me lance un petit pois.

MARS

Écureuil !

– Salut ! dit le garçon. Tu es l'écureuil à qui je parlais l'autre jour ? Je me demande si tu te souviens de moi. Les écureuils ont de la mémoire ?

Il me lance quelques miettes de son sandwich. Voilà des semaines que je n'ai pas trouvé de gland, alors là, je me régale. J'ai trouvé d'autres petites choses, mais rien ne vaut une miette de pain.

– Je réfléchissais à ce que je pourrais dire sur moi à mon professeur, reprend-il en se penchant en avant.

Mais il se redresse vite.

– J'oublie toujours pour mon coude. D'habitude ça me fait juste un peu mal, seulement j'ai dû faire ôter mes broches, et là je ne peux plus m'appuyer dessus. Mais c'est pas grave, et j'ai tort d'en faire toute une histoire. Les accidents de voiture, ça arrive à tout le monde.

Je saute sur le banc pour m'asseoir à côté de lui.

– Mais je crois que tout le monde n'en souffre pas autant.

Je penche la tête pour mieux le regarder, et il dépose d'autres miettes sur le banc.

– Ou alors ils prennent beaucoup plus que moi.

Il se lève.

– Bon, il est temps que j'aille trouver Inga. Je crois que je suis prêt.

Il se retourne vers moi :

– Toi au moins, tu sais écouter.

Pam (épouse d'Inga)

Ce soir, dès mon arrivée, Inga m'entraîne dans le salon, me fait asseoir sur le canapé et me tend un verre de vin.

– Aujourd'hui, j'ai fait une découverte avec Gabe, m'annonce-t-elle, ravie.

– Je te rappelle que tu n'es pas sa psy.

Elle me jette un regard mauvais. J'ajoute :

– Au cas où tu aurais oublié.

Autre regard mauvais.

– Je ne t'ai jamais vue t'intéresser à ce point à quelqu'un.

– Ils sont trop mignons, ces gamins, s'emballe-t-elle.

Je bois une gorgée de vin.

– J'ai trop hâte de te raconter ce qui s'est passé, continue-t-elle. J'ai failli t'appeler au travail.

Je me redresse, tout ouïe.

– Voilà, raconte-t-elle avec un enthousiasme contagieux. Il est venu me voir à mon bureau et m'a demandé si je trouvais qu'il travaillait bien.

– Bien entendu, c'est ton avis.

– Oui. Et là, il a précisé que sa matière principale n'était pas officialisée pour le moment, parce qu'il lui était arrivé quelque chose l'année dernière.

Je me rends compte que je suis presque aussi captivée qu'elle.

– Quoi ?

– Il a eu un grave accident de voiture. Apparemment, il aurait perdu l'audition d'une oreille et massacré son coude.

– Mais c'est terrible !

– Oui. Et le pire, c'est qu'il ne rejouera jamais au base-ball.

– Parce qu'il jouait au base-ball ?

– Oui. Il avait obtenu une bourse, et tout.

Je secoue tristement la tête devant tant d'injustice.

– Il dit qu'il va obtenir de l'aide, poursuit-elle ; il voit une psy, car il a du mal à affronter certaines séquelles, particulièrement le fait qu'il restera toujours sourd d'une oreille.

– Pauvre gamin !

– Cela dit, l'université lui a accordé une chambre de fonction dans un dortoir des premières années, pour qu'il n'ait pas à payer de pension. C'est déjà ça.

– Ça ne doit quand même pas être très facile pour lui.

– Mais ça explique bien des choses. Il se demandait s'il ne devrait pas se spécialiser en littérature. Alors, on a parlé de ce qu'il aimerait faire dans la vie. Avant l'accident, il pratiquait beaucoup l'éducation physique, car il voulait devenir coach de base-ball. Maintenant, c'est fini pour lui.

– Il a décidé de faire autre chose ?

– C'est ça le plus drôle. Parce que, à force d'en parler, il commençait à se dire qu'il pourrait devenir une sorte de conseiller. Il parlait des jeunes qu'il conseillait, disant qu'il adorait ça. C'était sympa de le voir si enthousiaste.

– Tu as dû t'en réjouir.

– Tout à fait.

Casey (ami de Gabe)

– Salut ! dis-je en apercevant Gabe.

Ce lundi d'après les vacances, il sort d'un immeuble de bureaux et je me précipite pour le rejoindre. Comme il n'a pas dû m'entendre, je lui touche le bras et répète :

– Salut !

– Oh salut ! lance-t-il avec un sourire.

– Qu'est-ce que tu fais par ici ?

– Euh… c'est le cabinet de ma psy, dit-il en tendant vaguement le doigt.

– Ah… et comment ça va ?

Il réfléchit une minute.

– Très bien.

– Cool.

– Et toi, qu'est-ce que tu fais par ici ?

– Il me fallait un nouveau permis de stationnement mais, comme il vaut mieux ne pas stationner à proximité de la Direction du stationnement, j'ai dû m'y rendre à pied, et maintenant je reviens à pied.

Il lève les yeux au ciel.

– Pas de places de stationnement devant la Direction du stationnement !

– Et toi, qu'est-ce que tu fais ?

Il me montre une carte Starbucks gold.

– Tante Kate a encore frappé ?

– Elle adore m'envoyer des cartes cadeaux. Je ne peux même pas dire que j'aime trop leur café. D'ailleurs, je n'aime pas le café, point. Mais j'ai l'impression que ça me plaît de plus en plus. J'adore certaines de leurs pâtisseries.

– Alors, on y va ?

On ne se trouve pas trop loin, si bien qu'on arrive assez vite.

– Salut ! lance Gabe à la fille derrière le comptoir.

Son badge indique son nom : CHARLOTTE.

– Voilà un moment qu'on ne vous voyait plus, ajoute-t-il.

Elle sourit.

– Je me suis cassé le pied en glissant dans la neige.

– L'année dernière, j'ai eu un accident de voiture et je me suis bousillé le coude et j'ai perdu l'usage de mon oreille gauche.

– On joue à qui aura vécu le pire ?

Gabe se met à rire mais moi, je reste stupéfait. Je ne croyais jamais le revoir ainsi. Je me demande si sa psy lui donne des médicaments. À moins qu'elle ne l'hypnotise et n'ait oublié de claquer des doigts pour l'en sortir. On récupère nos boissons et on se rend à une table libre.

– J'ai parlé à ma psy de la désensibilisation, me dit-il avant que je ne lui pose la question.

– C'est bien ce qu'il m'avait semblé.

Il se mordille la lèvre et réfléchit encore.

– D'accord, dit-il. Alors, voilà où on en est. J'ai beaucoup réfléchi, ces temps-ci, à mon ouïe. Le médecin a dit que ça pourrait peut-être s'arranger. Pas d'un coup de baguette magique, mais tu vois, je suis jeune, ça peut encore faire des progrès. Et puis, mon autre oreille va s'adapter. Alors, je me suis dit que je pourrais apprendre à bien lire sur les lèvres, mais on n'y est pas encore. En attendant, je regarde sans arrêt la bouche des gens et ça ne donne rien.

– Ce serait cool si tous tes autres sens pouvaient se développer. Comme Daredevil. Comment va ton odorat, Gabevil ?

– Daredevil est aveugle, bouffon !

– N'empêche, ça pourrait arriver.

– C'est ce que je me suis dit. Sauf que, maintenant, ça remonte à plus d'un an et que ça commence à vraiment affecter ma vie quotidienne. J'ai plus de mal aux cours, dans les discussions. Déjà, je n'étais pas terrible en matière de conversation, mais quand on entend mal, ça devient impossible.

– Qu'en pensent tes parents ?

Il pousse un soupir.

– Je leur en ai parlé la dernière fois que j'étais à la maison. Je crois qu'ils étaient soulagés de me voir finalement admettre que tout n'allait pas pour le mieux.

– Et qu'est-ce qui s'est passé ?

– On a pris rendez-vous avec un orthophoniste pour les vacances de printemps. Je ne sais pas si ça va marcher, mais c'est un début.

– Vous avez bien fait.

– Ça coûte beaucoup d'argent. Je m'en veux un peu. D'autant qu'ils ont dû prendre une deuxième hypothèque pour payer mes frais d'hôpital et tout le reste.

Je m'efforce d'exprimer la moindre de mes réactions afin qu'il continue de parler.

– Alors, combien coûte une prothèse auditive ?

– Dans les mille dollars, peut-être même plus, en fonction de ce dont j'ai besoin. En plus, je ne sais même pas si un appareil ordinaire me servirait à quelque chose. Il en existe d'autres qui transmettent les sons captés du côté sourd vers le côté normal.

– Je vois que tu as fait des recherches.

– Ouais, bon. Je travaille dans une bibliothèque, je peux me renseigner.

– Tu vois, moi je trouve que ce sont plutôt de bonnes nouvelles.

– Bien sûr, tu as raison. En plus, il y a les appareils sans fil, si minuscules qu'on ne les voit pas. Mais c'est dur, parce qu'il faut que je me fasse à cette idée que j'ai besoin d'une prothèse.

– Pas grave.

– Non, mais si. En fait, je suis sourd. J'ai un handicap que tout le monde voit bien, je ne peux plus le cacher.

– Et c'est pour ça que tu ne voulais pas en parler, dis-je comme si je pigeais soudain.

– Oui. Je voudrais que tout redevienne normal. Sauf que plus j'essaie, plus je me plante. En même temps, je devrais être content de m'en être aussi bien sorti. Personne n'est mort dans cet accident. Je ne suis pas dans une chaise roulante, je ne suis pas aveugle. Juste un peu sourd, et je ne peux plus jouer au base-ball. Voilà tout. Ce n'est rien.

– Quand même, c'est lourd.

– Merci de le reconnaître. Quelquefois, c'est l'impression que ça me donne, d'autres fois, je me sens comme un enfant gâté. Alors, ça fait du bien d'entendre quelqu'un me le dire.

– Bon alors, dis-je en comptant sur mes doigts, on a le déni, l'argent, la culpabilité. Quoi d'autre ?

– Rien. C'est à peu près tout.

– Rends-toi compte qu'à part d'autres avantages, si tu portes une prothèse, ça aidera aussi les gens à comprendre pourquoi tu ne leur réponds pas. Ils n'en tireront plus la conclusion que tu les méprises constamment.

– Je n'avais pas songé à ça.

– Tu ne devrais songer qu'à ça. Et remercier ta tante Kate pour ce génial caramel macchiato, la prochaine fois que tu la verras.

– Promis.

– Bien, dans ce cas, l'audience Gabe contre Casey est levée.

Maribel (camarade de Lea)

De retour du labo de chimie, je trouve un message sur le tableau blanc, selon lequel Bianca « aimerait bien voir ma sale trogne ». Je jette mes affaires sur le lit, puis monte voir ce qu'elle veut.

– Salut, dis-je en frappant à sa porte entrouverte.

Souriante, elle ôte ses écouteurs avant de se redresser sur son lit.

– J'ai une bonne nouvelle !

– Quoi ?

– Bailey m'a envoyé un SMS pour savoir ce que je faisais ce soir.

– Oui ! Tu progresses.

– Et j'ai menti en disant que j'allais au cinéma avec une amie.

– Pourquoi ?

– Sais pas. J'ai paniqué. Comme j'étais libre, je ne voulais pas répondre un truc idiot genre je me lave la tête.

– C'est vrai, dis-je en m'asseyant sur le lit voisin.

– Il a demandé à nous accompagner.

– Sauf que tu ne vas pas au cinéma.

Elle me décoche un énorme sourire et là, je comprends que je suis prise au piège.

– Il a juste dit qu'il allait suivre le mouvement. Alors, je voulais te demander si tu étais partante.

– Tu veux que je joue la troisième roue du carrosse entre toi et Bailey ?

– Il a dit qu'il amènerait un ami.

– Tu crois que ce sera Gabe ?

– Sais pas. Il n'a pas précisé. Et si on prévenait Lea ?

– Danny est venu la chercher il y a dix minutes ; il l'emmène chez elle pour les vacances de printemps. Je les ai croisés dans le parking.

– Dommage.

– Tu crois que Gabe l'aime bien ?

On passe tellement de temps ensemble, toutes les trois, qu'il est rare que Bianca et moi puissions spéculer sur l'attirance de Lea pour Gabe.

– Je crois qu'ils sont plutôt amoureux, mais trop bêtes pour s'en rendre compte, dit Bianca.

– Oui, un truc dans ce genre. Comment on va au cinéma ?

– Bailey a dit qu'il passerait me chercher à vingt heures.

- Très bien. Qu'est-ce qu'on fait en attendant ?
- La sieste ?
- Excellente idée.

Sam (frère de Gabe)

Les dortoirs ferment pour les vacances de printemps, et je suis donc passé chercher Gabe pour l'emmener à la maison, selon la demande de maman. Mais il tenait absolument à passer à la supérette en face de chez lui, car il mourait d'envie de s'acheter un Twix et une bière. Je m'étonne :

- Pourquoi juste ces deux produits-là ?
- Tu goûteras et tu comprendras.

C'est mon pote Antonio qui tient la caisse, alors je parle avec lui de nos partiels de maths.

- Je dois être bon dernier, lui dis-je.
- C'était difficile.

Mais il ne fait pas attention à moi, car Lea vient d'entrer ; je ne m'en étais pas aperçu jusqu'à ce que je la voie inspecter le magasin en même temps que mon frère.

- Regarde-moi ces deux-là, dit-il.
- Pourquoi ?
- Ils viennent de temps en temps, et elle se rend dans un coin tandis qu'il va dans l'autre, puis ils se déplacent en traçant des paraboles jusqu'au moment où ils se retrouvent. C'est le couple le plus bizarre de la terre. J'ai envie de les traduire en équations.

– Toi, tu passes trop de temps dans tes cahiers de calcul.

– Non, vrai, regarde ! Leur trajectoire d'attraction tient d'une équation.

Il prend un papier pour se mettre à tracer des graphiques et à noter des lignes entières de chiffres. Il parle en travaillant et, bientôt, Gabe et Lea se retrouvent devant nous, à le regarder, eux aussi.

Quand il s'aperçoit qu'il a un public, il pose son crayon.

– Vous savez qu'on a une offre spéciale pour le paquet géant de Twix, si vous voulez partager, propose-t-il.

Lea et Gabe semblent ne pas comprendre.

– Vous n'êtes pas ensemble ?

– Ensemble ? répète Lea.

– Oui.

Elle jette un coup d'œil vers mon frère.

– Pas du tout.

– Mais statistiquement… on dirait que vous êtes attirés l'un par l'autre.

– Je n'ai jamais entendu un truc aussi bizarre, dis-je à Antonio.

– Ça nous arrive souvent, dit Gabe.

Pour peu, je lui sauterais au cou d'avoir parlé devant Lea. Antonio hausse les épaules et lui tend ses achats.

– C'est vrai. Les maths ne se trompent pas.

– Lea mon amour ! lance un type sur le seuil. Les autochtones s'impatientent.

Elle pouffe de rire.

– Je suppose que les « autochtones », c'est... toi ?

– Non, tous les parents partis chercher leurs enfants et qui veulent se garer à ma place.

– Très bien, lance-t-elle.

Un dernier sourire, et elle s'en va.

– Tu as vu ? me souffle Gabe.

– Oui.

– Et tu as entendu ce qu'elle a dit.

– Oui.

– Ça ne tient pas debout, marmonne Antonio. Selon mes calculs, vous êtes faits l'un pour l'autre.

Danny (ami de Lea)

– Là c'était bizarre, dit Lea pendant qu'on gagne ma voiture.

– D'abord les choses sérieuses : tu as trouvé mes Twix ?

Elle me tend un sac.

– Merci ma poule. Alors, qu'est-ce qui s'est passé là-bas ?

– Le type qui tient la caisse nous a dit, à Gabe et moi, qu'il pouvait définir notre niveau d'attraction l'un envers l'autre rien qu'à partir du graphique de nos trajectoires et du fait qu'on a formé une parabole dans le magasin en achetant nos goûters.

Je la dévisage un instant.

– Je sais, dit-elle.

– Intéressant. Je me demande si cette théorie tient la route. Je crois qu'on pourrait gagner des millions en écrivant une sorte de manuel pratique traitant de l'amour et des mathématiques.

– Oui, Danny. C'est exactement la conclusion de ce qui vient de se produire ici.

Au moment où on démarre, elle vérifie son téléphone en soupirant.

– Génial. Maribel et Bianca sortent ce soir avec les amis de Gabe. Je vois déjà de quoi ils vont parler.

Je me racle la gorge tout en essayant de paraître le plus évasif possible.

– Et si Gabe les accompagne ? ajoute-t-elle. Il faut que je leur fasse promettre de ne pas parler de moi.

Elle tape furieusement sur son clavier.

– Ça pourrait vous aider...

– J'en sais rien. J'en ai marre. Marre de me retrouver dans ce genre de situation. J'ai beau essayer, il ne se passe jamais rien.

– Au moins tu essaies.

Si seulement je pouvais lui donner un bon conseil, mais je ne vois vraiment pas quoi faire dans cette situation.

– Euh... maugrée-t-elle en se prenant la tête dans les mains. Depuis quand je suis aussi égoïste ?

– Tu n'es pas égoïste. Tu es merveilleuse. Tout le monde t'adore. Y compris tes amies. Et si elles parlent de toi avec les amis de Gabe, elles ne diront rien de mal.

– Je sais, je sais. Tu as raison.
Elle range son téléphone.
– C'est bien, ma belle.

Casey (ami de Gabe)

– C'est vrai que Gabe a carrément refusé de venir ? demande Bailey alors qu'on roule dans le campus.

– Oui, je savais que Sam était déjà parti le chercher pour l'emmener chez eux, mais je lui ai quand même envoyé un texto. Je me disais qu'il serait sans doute tenté de venir passer la soirée avec Lea.

– Mais tu as précisé qu'on serait avec Bianca et son amie ?

– Oui.

– Et que cette amie pourrait être Lea ?

– Il savait que ce n'était pas possible puisqu'elle se balade dans le campus avec son petit copain.

– On est sûrs que Lea a un petit copain ?

– Il en paraissait sûr. Il a rendez-vous avec un orthophoniste demain...

– Pour son problème d'oreille ?

– Oui.

– Ah, bonne nouvelle !

– Alors, il ne veut rien faire avec Lea tant que ce problème n'aura pas été résolu. Mais il était vraiment sonné de la voir de nouveau avec ce type.

On se gare devant la résidence où nous attendent Bianca et Maribel. Elles ne sont pas encore entrées dans la voiture quand je me tourne vers Bailey :

– On fait notre possible pour ne pas parler de Gabe et Lea.

– D'accord. Je ferai mon possible.

Les filles se glissent à l'arrière.

– Bonjour, Mesdames ! dis-je.

Après avoir échangé quelques plaisanteries, on se tait durant ce qui semble durer une heure, en fait trois minutes.

– Bon, finit par dire Bailey alors qu'on est arrêtés à un feu rouge, maintenant, je vais poser la question qui fâche.

– Bailey...

Ma voix prend la même intonation que celle de ma mère le jour où j'ai dit à ma tante qu'elle avait les cheveux orange.

– Lea et Gabe, poursuit-il. Qu'est-ce qui se passe ?

– Je ne sais pas si on devrait en parler... dis-je encore.

Pourtant, Maribel se lance déjà.

– Je ne sais pas trop ce qu'on devrait raconter ou ne pas raconter, mais ces deux-là devraient se décider pour de bon. On dirait que tout le monde est au courant sauf eux.

– Tu connais la serveuse du resto ? demande Bianca.

– Maxine ?

– Oui. Elle les aime bien. On était là-bas l'autre jour et elle a demandé à Lea comment son « homme » se portait.

– Oui, elle a fait pareil avec Gabe, dit Bailey. Sauf qu'elle a appelé Lea sa « douce ».

– Vous avez entendu parler du livreur de repas chinois ? s'enquiert Maribel.

– Tout à fait, oui. J'ai eu droit à l'histoire mot pour mot.

– Lea a un petit copain ? demande Bailey.

– Euh, non...

– Gabe dit qu'il la voit souvent en compagnie d'un type.

Les filles se regardent.

– Non, sauf si vous parlez de Danny, répond Maribel.

– On ne connaît pas son nom, dis-je en les regardant dans le rétroviseur.

– Danny est son copain depuis le lycée.

– C'est son copain, mais certainement pas son « petit » copain, ajoute Bianca.

– Ce doit être lui, dit Bailey.

– Alors, qu'est-ce qu'on fait ? insiste-t-elle.

– Gabe a...

Je marque une pause et nous échangeons un regard avec Bailey.

– ... des problèmes. Dont il devrait vraiment parler à Lea.

– Lea n'en a pas, observe Maribel, mais elle n'est pas sûre d'elle, elle se pose des questions, comme tout un chacun. Et puis, elle prétend ne plus vouloir entendre parler de lui. Parce qu'elle a l'impression que, malgré tous ses efforts, il ne fait rien pour se rapprocher d'elle. Surtout ces derniers temps.

– J'ai peur qu'on n'y puisse pas grand-chose, lâche Bailey.

– À part coller leurs visages l'un contre l'autre pour les forcer à s'embrasser, dit Bianca.

Maribel et moi échangeons une grimace, mais Bailey commente :

– Excellente idée !

– Bon, s'écrie Maribel. Je vous rappelle quand même que Lea nous a priées de ne pas vous parler d'elle.

– D'accord, on va rester discrets. On n'en parlera pas à Sam. On ne mentionnera même pas cette conversation.

Apparemment, Bailey n'écoute rien, alors je lui tapote le bras.

– Hein ? Non, de toute façon, il est parti chez lui pour la semaine.

– Je crois, dit Maribel, qu'on devrait les orienter dans la bonne direction. En fait, les y pousser.

– Et les y garder, dis-je.

Bailey et Bianca échangent une grimace dans le rétroviseur et j'ai l'impression qu'ils ne s'intéressent plus à ce qu'on dit.

– J'en conclus que la moue de Bianca correspond à un accord, dis-je.

– Comme toujours, renchérit Maribel.

Sam (frère de Gabe)

Quand on rentre de vacances, Gabe semble reposé, presque content.

– Tu m'as l'air de bonne humeur, lui dis-je.

– Oui. Je suis vraiment soulagé qu'on s'occupe de mon oreille, même si ça ne donne pas de résultats pour le moment.

– Qu'est-ce qu'ils te font, au juste ?

– D'abord, il va falloir déterminer ce qui me convient le mieux. Ensuite, on commencera les essais.

– Quels sont tes projets avec Lea ? Maintenant que tu t'occupes de ton problème, il serait peut-être temps d'y songer.

– Je n'ai aucun projet.

– Sérieux ?

– Pour le moment, je veux juste me concentrer sur mes oreilles, marmonne-t-il sans me regarder.

Pour se donner l'air décontracté, il chantonne l'air qui passe à la radio.

– De toute façon, ajoute-t-il, elle n'en a rien à fiche de moi.

– À moins que ce ne soit ce qu'elle pense de ta part puisque tu refuses de parler devant elle.

– Ou alors elle a un petit copain et tout le reste est bidon.

– Ou bien c'est toi qui ne lui manifestes absolument aucun intérêt chaque fois que tu es en sa présence ; donc, comment lui reprocher d'être allée chercher quelqu'un qui accepte au moins de lui faire la conversation ?

Il se retourne, regarde mes pieds.

– Je ne sais pas quoi te répondre. Où veux-tu en venir ?

– À cette notion... tu tiens à elle. Tu n'arrêtes pas de parler d'elle, tu voudrais te trouver auprès d'elle. Alors, règle ton problème et va la voir.

– Oui, comme si c'était facile.

– Bon, et si... si tu t'entraînais en parlant à une autre fille ? Une à laquelle tu ne tiens pas trop mais que tu vois de temps en temps ?

– Je ne sais pas. Qu'est-ce que ça peut me faire ?

– Tu vas t'entraîner, abruti ! Tu m'écoutes quelquefois ?

Il me jette un regard en coin.

– Bon, dis-je. Je vois, parfois tu n'écoutes pas, bla-bla-bla. Mais je suis sérieux, là, Gabe, essaie de parler à une autre fille. Ça te donnera confiance en toi.

– Je n'ai pas trop le choix, soupire-t-il, pensif.

À croire qu'il est en train de feuilleter un bottin mental contenant tous les noms de filles qu'il connaît.

– Tu passeras ta prochaine fête à bavarder avec une fille.

– Ce n'est pas vraiment...

– À propos, et celle de ton atelier d'écriture créative ? Celle qui te paraît ennuyeuse à mourir ?

– Hillary ?

– Oui. Essaie de lui parler.

– Euh… tu sais que ça pourrait marcher ? Entre ce conseil avisé et les théories de Casey sur la désensibilisation, je crois que vous allez arriver à vos fins.

– Continue de parler comme ça et je te fais sortir de la voiture. Tu poursuivras à pied.

– Je le dirai à maman !

AVRIL

Hillary (étudiante en écriture créative)

Gabe et Lea ne se parlent plus beaucoup ces jours-ci. En gros, depuis le retour des vacances de printemps. Au début de l'année, ils étaient sans cesse fourrés ensemble, mais voilà deux ou trois semaines que je ne les ai pas vus rigoler, blaguer, citer de vieilles séries télé ringardes. Ils ne s'asseyent même plus l'un à côté de l'autre. Je parie qu'ils se sont méchamment disputés.

Pour moi, c'est le moment ou jamais d'attaquer. Vérifier mes cheveux, mon maquillage, remettre du brillant à lèvres, attendre qu'Inga cesse de parler, puis me lancer. Je vais commencer simplement. Pas la peine de le traumatiser. Il est un peu émotif.

– Salut Gabe, dis-je en jouant avec une mèche.

– Salut.

Il suit des yeux Lea qui s'en va sans même lui adresser un signe.

Tu vas te prendre la porte dans les fesses, ma petite.

Il ferme son cahier et je me hâte de lui demander :

– Où est-ce que tu vas ?

– Sais pas.

– Je vais faire un saut à la cafète pour manger quelque chose.

J'aime bien comme il me regarde, comment il suit le mouvement de mes lèvres. Avec le brillant que j'ai choisi, même lui ne pourra me résister.

– Ah, d'accord ! Je... euh... j'y allais, de toute façon.

– Super !

Il est trop mignon.

Tandis qu'on grimpe l'escalier, j'essaie de lui parler, mais il ne répond pas. Une fois dehors, je lui demande quel sujet il a choisi pour son dernier exposé, mais sa réponse est si barbante que je change de sujet.

– Qu'est-ce que tu as fait pendant les vacances ?

– Rien. J'ai travaillé, je suis allé à Atlantic City, un soir, avec mon frère et mes amis.

– C'était si atroce que ça ?

– Non, non, c'était sympa.

– Ah, cool ! Moi je suis allée à Negril. Je te conseille de faire un tour en Jamaïque, un jour.

– Pas trop pressé.

Je n'insiste pas, parce que ça me casse les pieds d'essayer de convaincre quelqu'un qui ne comprend pas. Je lui demande plutôt :

– Tu passes ton diplôme l'année prochaine ?

On s'apprête à entrer dans la cafète, et il reste complètement fasciné par mes lèvres. J'aimerais pouvoir prendre le temps de me remettre du brillant. J'ai l'impression que ça s'efface au fur et à mesure que je parle. Il va falloir que je fasse un saut aux toilettes.

– Euh... non. En principe, je suis toujours en deuxième année, si on tient compte de mon dossier. Mais j'ai manqué une grande partie des cours parce que...

Je décroche. Ce n'est vraiment pas un orateur. Je raccroche au moment où il évoque je ne sais quelle bourse universitaire perdue.

Cependant, il ne propose pas de m'offrir ma salade. Décevant. Mais il est si mignon que je vais quand même lui donner sa chance.

Maribel (camarade de Lea)

Je chuchote dans mon téléphone :

– Lea ?

– Maribel ?

– Gabe est en train de déjeuner à la cafète avec Hillary, la reine des salopes de Cassagedecoupville !

– NON !

– SI !

– Merde !

– Comme tu dis.

– Pourquoi il fait ça ? Il ne peut pas la sentir. Elle est trop pénible.

– Tu es encore trop aimable.

– Tu crois ?

– Complètement.

– Bon, mais qu'est-ce qui se passe entre eux ?

– Euh… attends, je vais essayer de me rapprocher un peu sans me faire repérer.

– Doucement, Marib. Pas la peine qu'il te voie.

Je me faufile furtivement parmi les étudiants, inspectant chaque table, chaque recoin tout en m'efforçant de ne pas me faire remarquer. Une fois que j'ai trouvé un bon poste d'observation, je m'aperçois non sans surprise que je suis à bout de souffle. Il faudrait vraiment que je reprenne la gym.

– Voilà, je suis dans le coin, je vois tout ce que je veux. Apparemment, c'est elle qui parle, lui, il ne dit rien.

– Tu m'étonnes, du pur Gabe, répond-elle d'un ton presque affectueux.

– Il vient de lui toucher la main !

– Quoi ? Non ! C'est impossible. Je n'y crois pas !

– Si, carrément.

– C'est épouvantable, Marib. Et maintenant ?

– Elle rit et il sourit. Ils mangent tous les deux, je crois. Oh, mon Dieu, elle lui fait du pied !

– Tu es sûre qu'on parle du même couple ?

– Évidemment, je ne suis pas débile.

– Pourquoi ça me fait ça ? Je croyais en avoir fini avec lui.

– Je ne sais pas, dis-je franchement.

– C'est terrible, Maribel. J'ai tout foiré. Je n'arrive pas à croire que j'aie pu le laisser me glisser ainsi entre les doigts.

Je pousse un soupir pour elle.

– Peut-être qu'il n'a jamais été attiré par moi, poursuit-elle. Ce doit être ça. J'ai dû tout interpréter de travers. La seule raison pour laquelle il s'intéresse à moi, c'est qu'il peut copier mes devoirs ou un truc dans ce genre.

– Copier tes devoirs en écriture créative ?

– Je sais pas... Mes idées partent dans tous les sens. Forcément, dans un moment pareil, la logique m'échappe un peu.

– Et si j'allais les voir pour les interrompre ?

– Oui, et garde ton téléphone allumé pour que j'entende.

– C'est à ça que servent les amis.

– Merci, Maribel. Je n'oublierai ni ta gentillesse ni ton sens de l'espionnage.

Mon téléphone dans la main, j'arrive à leur table, l'air innocent, mais j'oriente bien l'écouteur dans leur direction.

– Salut, Gabe !

– Salut, Maribel !

– Tu vas bien ?

– Oui, super, répond-il l'air innocent. Tu connais Hillary ?

Elle me décoche le sourire le plus artificiel du monde.

– Qu'est-ce que vous faites ?

– J'ai proposé à Gabe de venir déjeuner ici et il a dit oui, déclare-t-elle en lui touchant ENCORE la main.

Il n'a pourtant pas l'air fou de joie.

– De toute façon j'allais venir ici, explique-t-il.

– Je trouve qu'on devrait faire ça plus souvent, insiste Hillary.

Je commence à vraiment me sentir de trop et Gabe a l'air de plus en plus effarouché.

– Bon, lance-t-il en se levant brusquement. Moi, j'ai fini. Où est-ce que tu vas, Maribel ?

– Euh...

C'est le moment ou jamais de choisir : j'aide ou non Gabe à se tirer de cette situation ; en même temps, il faudrait que je me débarrasse de Lea. Je coupe la communication en espérant qu'elle comprendra, puis je réponds :

– Je rentrais chez moi.

Il me sourit, récupère ses affaires.

– Cool, je t'accompagne. À plus, Hillary.

Elle semble si stupéfaite qu'elle n'émet qu'un léger couinement incrédule.

– Désolé, me souffle-t-il alors qu'on quitte la cafète. Je n'aurais pas tenu dix secondes de plus avec elle.

– T'inquiète. Si j'ai pu te rendre service...

– Lea est avec toi ? s'enquiert-il en souriant.

– Elle est rentrée.

– Ah bon. Moi, il faut que j'aille travailler, mais merci de m'avoir aidé à me tirer de là.

– Pas de problème. C'est quand tu veux.

Je le regarde s'éloigner, puis découvre que j'ai manqué quatre coups de fil de Lea. Encore heureux que j'aie mis mon téléphone en mode silencieux. Je la rappelle.

– Comment tu as fait pour me rappeler quatre fois en trois minutes ?

– Qu'est-ce qui se passe ? Je n'en peux plus !

– Tout va bien, ma chérie. Il a profité de ma présence pour échapper à la reine des salopes. Maintenant, il est parti travailler.

– Quand même, ça ne me plaît pas.

– Je te jure que tout va bien.

– D'accord, cool, merci.

– Il a demandé où tu étais.

– Intéressant.

– Plutôt, non ?

– Intéressant qu'il demande toujours de mes nouvelles dans mon dos, mais ne m'adresse même pas la parole quand on est ensemble. En plus, il sort avec Hillary.

– Ça ne te ressemble pas de te mettre dans cet état.

– Je sais, je sais… Je suis furieuse d'être furieuse. J'en ai marre de tourner en rond comme ça. Sans compter que je suis trop gênée.

– Gênée pour quoi ? Tu n'as rien fait de gênant. Il y a un garçon qui te plaît, ça arrive.

– Je crois qu'il faut que je l'oublie. Je ne suis pas faite pour ces émotions en montagnes russes.

– Je te comprends. Je ferai tout ce que je pourrai pour t'aider. On va établir un programme : comment oublier Gabe en douze étapes.

– Merci, Maribel. Tu es géniale.

– Je sais. Je rentre bientôt.

– Je vais me mettre au programme de désintox.

Charlotte (une barmaid)

Quand je la vois entrer, je murmure à Keith :

– Lea est ici.

– Youpi ! Voilà trop longtemps que je ne l'avais pas vue.

Elle vient vite commander son moka glacé puis va s'asseoir à sa place habituelle, dans le coin près de la fenêtre. À peine dix minutes plus tard, Gabe arrive.

– On dirait qu'il la suit, dis-je à Keith.

– Sûr. Sinon ce serait un hasard impossible.

Gabe s'arrête sur le seuil, visiblement à la recherche de Lea. Il l'aperçoit, mais elle ne le voit pas tout de suite. Elle porte des écouteurs et semble complètement ailleurs.

Il vient commander son habituel grand café avec de la place pour le lait.

– Pike Place, ajoute-t-il avec un sourire sans me laisser le temps de lui proposer les options.

– Vous avez l'air tout joyeux aujourd'hui.

Je n'aurais jamais dû dire ça. Je n'ai pas pu m'en empêcher.

Il sourit timidement.

– Ça va mieux, dit-il en haussant les épaules.

Ils sont gentils, bien qu'à côté de la plaque ; visiblement, ils ont du mal à entretenir des relations normales. Mais comparés à bien des clients de cet établissement, je les trouve plutôt sympas et bien élevés.

En tout cas, beaucoup plus que les clients qui prennent beaucoup trop à cœur leurs commandes et s'enflamment sur leurs portions de mocha.

D'autant que Gabe s'est montré très gentil quand je lui ai raconté comment je m'étais cassé le pied. Et ses aveux sur son accident de voiture me l'ont rendu encore plus sympathique. Car il n'était pas obligé d'en parler ; c'était lui qui voulait.

Je lui tends son café et il va se servir de sucre et de lait, sans quitter Lea des yeux. Il déglutit plusieurs fois, se touche l'oreille. Puis, il doit sentir que je le regarde car il se retourne, me sourit. Je lève le pouce.

– Keith, dis-je. Je crois qu'il va se passer quelque chose.

En train de préparer un chai latte, il tourne la tête. J'ai une envie folle de baisser cette musique d'ascenseur, mais il faut aussi que je m'occupe des clients. J'ai failli dire à une vieille dame de la fermer pour que je puisse entendre ce qui se passe.

Gabe s'approche de la table de Lea toujours occupée à écouter sa musique. Il lui touche l'épaule et elle lève les yeux.

– Mademoiselle ? lance le client suivant dans la file d'attente.

Je lui fais signe de se taire. Il me faut juste deux secondes pour écouter ce qu'ils vont se dire. Keith arrête de fouetter son lait et je jure que c'est tout le Starbucks qui retient son souffle.

Je crois qu'il lui dit bonjour et qu'elle lui répond bonjour. Il désigne la chaise en face d'elle et elle répond de ce que j'appellerais un geste d'indifférence de la main. Pas vraiment engageant.

– La table est libre, dit-elle assez fort.

En fait, sa voix est teintée de beaucoup trop d'émotion pour une question aussi bénigne. Après quoi, elle ferme ses livres, les met dans son sac et s'en va. Plantant là un Gabe médusé.

J'échange un regard avec Keith qui paraît aussi triste que moi. Puis, je m'adresse au vieux monsieur :

– Bon, vous désirez ?

– Être servi ! lance-t-il, indigné.

Je lui donne son café puis signale à Keith que je vais parler à Gabe. Plus personne n'attend pour le moment et j'espère que ça ne va pas bouger en mon absence. Dire que je me mêle de cette affaire !... Mais il a l'air si tristounet, je sens qu'il faut au moins que je lui demande comment ça va. En m'approchant de sa table, j'attrape un torchon, histoire d'avoir l'air de venir nettoyer. Quand il voit que je le regarde, je lui demande :

– Ça va ?

– Je ne vois pas ce que j'ai fait de mal.

– Vous avez peut-être attendu trop longtemps ?

Il se mordille l'ongle en hochant la tête.

– Désolée, dis-je sincèrement.

– Merci. Je vais rester ici, le temps de ramasser les miettes de mon ego.

– Une tranche de cheese-cake gratuite, ça vous ferait du bien ?

– Ça ne pourrait que me faire du bien.

– J'arrive en moins de deux.

Je m'en veux de me mêler ça. Et d'avoir dit « en moins de deux. »

Sam (frère de Gabe)

Gabe et Bailey se pointent plusieurs heures avant le début de la fête.

– Vite, j'ai faim et soif ! lance Gabe en guise de bonjour.

– Ravi de te voir moi aussi.

– Gabe est de mauvais poil, indique Bailey. Ne fais pas attention.

Je me tourne vers mon frère :

– Qu'est-ce qui se passe ?

– Je ne suis pas de mauvais poil, rétorque-il à Bailey, je suis paumé et un peu triste.

Mais rien pour moi. Du coup, je demande à Bailey :

– Qu'est-ce qui lui arrive ?

– T'inquiète, répond-il, je te raconte en route.

– J'appelle Casey. C'est lui qui conduit.

On s'installe tous les quatre dans ma voiture. Gabe boude à l'arrière tandis qu'on passe chercher notre commande chez McDo et que Bailey nous raconte ce qui s'est passé. Casey se gare et je distribue les sandwichs.

– Alors, Gabe a conclu que c'était à lui d'inviter Lea à cette fête. Sauf qu'il s'est dégonflé chaque fois qu'il l'a vue cette semaine.

– Je ne me suis pas dégonflé, maugrée-t-il. Je ne voulais pas en parler à la fac devant Hillary et, bon, c'est vrai que la seule fois où je l'ai vue en dehors, je me suis dégonflé. Mais elle était encore avec ce type !

– Bon. Il s'est dégonflé une fois. Ensuite, il l'a vue au Starbucks hier, et il a réussi à se forcer et lui a fait une petite danse qui a mis tous les barmen en joie...

– Tu dis n'importe quoi, rouspète Gabe.

– Bon, alors vas-y, raconte-leur !

Gabe commence par mordre un énorme morceau de son Big Mac, puis se penche en avant.

– Ces barmen, je les connais depuis un moment, ils sont tous très gentils, sauf une qui est parfois un peu vache ; mais hier, elle a été sympa. Elle me trouvait joyeux. Il faisait bon dehors, et j'avais obtenu un A pour mon article sur la politique étrangère ; je suis allé au Starbucks dans l'espoir d'y voir Lea et, justement, elle était là.

– Je vois, dis-je.

Casey hoche la tête.

– Je me suis approché, mais elle avait ses écouteurs, alors je lui ai tapé sur l'épaule et elle les a enlevés. Et je lui ai dit salut, et elle m'a dit salut.

– Jusque-là, ça m'a l'air bien parti.

– Oui, et puis j'ai demandé si je pouvais m'asseoir à sa table et elle a répondu qu'elle était libre, avant de se lever et de partir.

– Comme ça ?

– Comme ça.

– Ça ne ressemble pas à Lea.

– Je sais. Mais la barmaid parfois un peu vache, Charlotte, était si triste pour moi qu'elle m'a donné une tranche gratuite de cheese-cake.

– En quel honneur ?

– Par pure gentillesse.

– Qu'est-ce que tu vas faire ?

– Je ne sais pas, finit-il par me répondre.

– Tu as l'air terriblement joyeux pour quelqu'un qui vient de se faire littéralement jeter par la fille qui lui plaisait tant la veille. Enfin, à part tes ronchonneries juste avant...

– C'est bon, j'ai reçu mon appareil auditif.

Il se tourne pour me montrer l'arrière de son oreille.

– Ah oui, maman m'en avait parlé !

C'est là que Gabe se tourne pour me montrer les autres types.

– Essentiellement invisible, dit Bailey.

– Je ne vois rien, dit Casey en plissant les yeux.

Gabe ôte la petite pièce en plastique de son oreille sous nos exclamations d'admiration.

– Ils me l'ont envoyé après le dernier essai de la semaine dernière. Je l'ai reçu ce matin.

Il le repose dans son oreille.

– Je n'aime pas encore trop en parler, mais ça fait du bien d'entendre de nouveau, ça remonte le moral.

– Oui, dis-je, tu m'étonnes.

– Bon, que je sache, j'ai le droit de traîner un an et demi pour profiter de mon ouïe !

Au moins, il a dit ça en souriant.

On arrive chez le marchand de vin, toujours à la recherche d'une solution pour Gabe.

– En tout cas, tu entendras ce soir, dis-je en l'accompagnant vers le rayon vodka.

– Ça me fera du bien.

Bailey nous rejoint.

– Je pourrais demander à Bianca de parler à Lea.

– Merci, c'est gentil, mais je préfère m'en occuper moi-même.

– Bon, si tu changes d'avis, dis-le moi.

On retourne à la maison, sans attendre l'arrivée des autres pour ouvrir les bouteilles.

Si bien que, dès le début de la fête, on est déjà pas mal bourrés. Le temps qu'arrivent Lea et ses copines, tout tourne autour de moi. Elles descendent directement à la cave et on les suit. Bailey et Bianca s'éclipsent presque aussitôt dans un coin tranquille.

– Quand je la regarde, ça me fiche hors de moi, dit Gabe à Casey. J'ai envie de hurler.

– Tu n'es pas du genre hurleur, pourtant.

– Avec elle, ça ne servirait à rien.

Il avale une gorgée de bière.

– Pourquoi on a joué à ce jeu pourri toute une année ?

– Concentre-toi sur le chi, maîtrise ta colère, dit Cole. Tu es ivre et agressif ? Ça ne te ressemble pas.

– Je voudrais juste comprendre.

Il continue de la regarder. Elle finit par tourner la tête, hausser les sourcils. Et c'est comme un signal pour qu'il lâche le flot de ses pensées.

Maribel (camarade de Lea)

– Hé, Lea ! lance une voix derrière moi.

Lea en reste bouche bée, alors je me retourne et ne suis pas trop surprise de découvrir Gabe. Ça devait bien arriver à un moment ou un autre. Sans doute ce soir. D'ailleurs, j'espérais que ce serait ce soir.

– Où est ton petit copain ? demande-t-il.

– Je n'ai pas de petit copain, rétorque-t-elle, l'air interloquée.

On n'a pas mal bu avant de venir et il a presque fallu forcer Lea à nous accompagner ici. Elle disait que c'était terminé avec Gabe, qu'elle en avait assez de ses petits jeux. Mais Bianca tenait absolument à venir voir Bailey. Alors, on a enivré Lea et elle a fini par dire qu'elle voulait voir Gabe, histoire de se prouver qu'elle avait bien tiré un trait.

Cependant, il me suffit de voir l'expression de son visage pour savoir que ce n'est pas le cas.

– Ah oui ? s'exclame Gabe. Et c'est qui ce mec avec qui je te vois toujours traîner sur le campus ? Le grand maigre à lunettes ?

Il est visiblement saoul mais, comme il n'a pas le vin agressif, on dirait plutôt un grand chiot efflanqué qui ne sait pas contrôler ses membres.

– Mon ami Danny ? demande Lea, éberluée.

Et là, elle pique une de ses colères, venant lui planter dans le torse un index rageur qui le fait reculer jusqu'au mur. Il écarquille les yeux

– Tu peux parler ! ajoute-t-elle. Toi et ton déjeuner de drague avec Hillary, la reine des salopes de Cassagedecoup-ville.

Gabe semble terrifié. J'ai l'impression que je devrais le protéger mais, apparemment, je suis censée prendre la défense de Lea dans cette histoire. Je remarque d'ailleurs que Sam et Casey se rapprochent de moi.

Je ne peux m'empêcher de leur souffler :

– C'est inquiétant, non ?

– Ils vont régler ça tous les deux, murmure Casey.

– Oui, ajoute Sam. Gabe semble très sûr de lui.

– Pour une fois, dis-je.

– Je vous entends, tous les trois, lance Gabe.

– C'est vrai que maintenant tu entends tout ! s'écrie Lea.

– Oui, j'ai une prothèse auditive, assure-t-il en haussant le menton.

– Tant mieux pour toi ! s'emporte-t-elle. Voilà au moins un siècle que tu aurais dû me parler de ce truc ; là, je ne me serais pas demandé tant de trucs sur toi et peut-être qu'il se serait passé des trucs entre nous.

– Ça en fait des « trucs », marmonne Casey.

– Toi aussi je t'entends, gronde Lea en le fusillant du regard.

Il lève les bras comme s'il n'allait plus recommencer.

– Tu sais, reprend Gabe, j'ai bien essayé d'être sympa avec toi, hier. Je voulais te proposer de venir à cette fête, mais tu m'as laissé tomber comme une vieille chaussette.

– Je ne voulais pas te parler, lâche-t-elle d'un ton posé.

– Pourquoi ? Qu'est-ce que j'ai fait ?

– Je ne sais pas, tu demandes toujours de mes nouvelles à mes amis, mais tu ne me parles jamais ! On se croise souvent et c'est à peine si tu dis bonjour... Et puis, parfois, tu surgis de nulle part et me demandes qu'on soit amis. Mais juste quand ça t'arrange.

Il n'a pas l'air de saisir, alors elle insiste :

– Tout ça ne te rappelle rien ?

– Ce n'est pas juste quand ça m'arrange...

– Ça fait beaucoup de signaux contradictoires, Gabe. Un instant, tu es mignon, gentil, décalé et bizarre juste ce qu'il faut. Et, l'instant d'après, plus du tout gentil, distant et méchamment bizarre.

– Je n'ai jamais voulu être méchant. Si je pouvais, je serais toujours gentil, sympa et rien des trucs négatifs que tu as dits. Parce que je n'aime pas ces trucs-là. Mais peut-être que je ne fais pas ces trucs exprès.

– Ça donne encore plein de « trucs », dit Sam. On devrait peut-être en faire un jeu à boire.

Je recule d'un pas :

– J'ai l'impression qu'on ne devrait pas écouter tout ça.

– Chut ! dit Casey en me ramenant près d'eux. Ils seront contents qu'un jour on leur raconte ce moment béni parce qu'ils sont tous les deux pétés.

– Je ne suis pas trop pétée ! proteste Lea sans se retourner.

– Moi si, dit Gabe. Pour information.

Elle lui plante de nouveau le doigt dans la poitrine.

– Alors, qu'est-ce que tu as à dire en guise d'excuse ?

– Arrête de me cogner avec ton doigt.

Elle ferme les poings.

– D'accord.

Il la contemple d'un regard que je n'ai jamais trop su comment interpréter ; une seconde, j'ai l'impression qu'il va se pencher pour l'embrasser. Ça m'inquiète, parce que je suis à peu près sûre qu'elle pourrait lui mettre un coup de genou dans l'entrejambe s'il s'y risquait maintenant.

– Tous ces trucs sont vrais et si j'étais normal et pas méchant, je t'aurais dit des trucs et on aurait pu faire des trucs.

– J'adore son manque de précision, commente Casey. Cet abus du mot « truc » est épique.

– Sérieusement, dit Sam, j'ai bu un coup chaque fois qu'ils utilisaient ce mot.

– Qu'est-ce qui se passe ? demande Bianca qui arrive derrière moi.

– Je crois que Gabe et Lea sont sur le point soit d'entamer un match de boxe, soit de faire l'amour.

– L'amour, l'amour, l'amour, se met à chantonner Bailey.

Sans nous regarder, Gabe pointe l'index vers nous.

– Ta gueule !

Bailey se tait.

– Bon, dit Lea. C'est ça ? C'est vraiment tout ce que tu as à me dire ?

Gabe nous regarde les uns après les autres avant de revenir vers elle.

– Je ne vais pas pouvoir faire ça ici, devant tous ces gens. On ne pourrait pas sortir ou aller ailleurs ? Tu serais d'accord ?

Je m'attends à ce qu'elle se remette à crier, mais on dirait qu'elle a soudain perdu toute agressivité.

– D'accord, dit-elle en croisant les bras. Bien sûr.

Je sens que je devrais dire quelque chose, sauf que je ne veux pas rompre le charme. Ils ont trop besoin de se parler.

– Tu es sûre, Lea ? demande Bianca qui a dû lire dans mes pensées.

– Oui, c'est bon, les filles. Je vous enverrai un texto si j'ai besoin de vous.

On se regarde toutes les deux, puis on jette un coup d'œil derrière nous, pour constater que la fête s'est littéralement arrêtée ; les participants aussi veulent savoir ce qui se passe. Lea et Gabe remontent l'escalier sans un mot de plus.

La musique repart, encore plus fort, et tout le monde se remet à bavarder. Casey va nous chercher à chacun une bière dans sa planque perso.

– On n'a plus qu'à attendre, dit-il en distribuant les bouteilles.

– Je n'ai pas envie d'attendre, lui dis-je. Tu connais un endroit d'où on pourrait les espionner ?

– Tu y tiens vraiment ?

– Mon pote, intervient Bailey, ça m'étonnerait que tu n'en aies pas envie. Ne joue pas les preux chevaliers, il faut qu'on trouve le meilleur point d'où les écouter en douce.

On remonte dans le salon pour ouvrir la fenêtre donnant sur la rue, mais Lea et Gabe semblent être partis de l'autre côté.

– Il faudrait peut-être aller voir dans les toilettes, dit Casey.

Nous le suivons tous et Bailey ferme à clé derrière nous.

– Pas la peine d'être dérangés au milieu d'une si importante opération.

Casey ouvre la fenêtre, faisant entrer une bouffée d'air frais. On n'allume pas et on respire aussi doucement que possible.

Là, on entend s'élever la voix de Gabe :

– Tu devrais mettre un manteau.

– C'est bien du Gabe, ça, souffle Sam.

– Je n'en ai pas besoin, réplique Lea. De quoi tu voulais parler ?

– Je ne sais pas. Je n'arrivais plus à réfléchir en bas. J'avais l'impression que tout le monde nous regardait. Et j'ai trop de choses à te dire pour le faire devant les autres.

– Je t'écoute.

– Excuse-moi, pour commencer. Je suis nul dans ce genre de truc.

– Quel truc ? Tous les deux, on utilise trop le mot « truc », ce soir. Comme si, de peur de dire quelque chose de précis, on ne disait plus rien du tout.

Là, je murmure à l'oreille de Bailey :

– Je ne sais pas qui frappe à la porte, mais il doit arrêter tout de suite.

Il va ouvrir en douce.

– Je vais pisser dans l'évier si vous ne me laissez pas entrer, dit Antonio.

– Il faut laisser Antonio pisser, nous annonce Bailey.

On sort des toilettes et on file à travers la maison se chercher un point d'observation aussi efficace, pour aboutir dans une chambre du premier étage. Mais leurs voix nous échappent à cause de la brise. On ne perçoit que Lea, de temps en temps, quand elle crie, et c'est tout.

– Il va falloir attendre leur compte-rendu demain matin, dis-je.

Victor (étudiant en écriture créative)

J'ai toujours fui Gabe et Lea comme la peste. Ces trois derniers mois, chaque fois que j'aperçois l'un des deux, je file dans la direction opposée. Parce que, dès que l'un d'eux apparaît, l'autre n'est pas loin. Et j'en ai vraiment trop marre de me retrouver mêlé à leurs « petits moments ».

En me rendant à cette fête donnée ce soir avec mes colocs, je ne pensais pas à Gabe et Lea. C'est ma faute. Parce que, bien entendu, ils y sont. Et, bien entendu, ils se sont lancés dans une de leurs scènes préférées au beau milieu de la cave. Dès que j'ai compris d'où provenait ce grabuge, je suis sorti pour aller me réfugier dans le jardin avec un paquet de cigarettes.

Sauf que voilà, à peine avais-je tiré deux bouffées de la première que je les entendais discuter devant la maison. Je ne peux même pas m'accorder une pause... tant pis, pas question d'écraser ma cigarette. Alors, je continue à fumer en faisant comme s'ils n'existaient pas.

Je me dis que leurs voix ne sont que de petites vagues qui viennent s'écraser sur le rivage. Je contemple les étoiles et la lune qui disparaît régulièrement sous d'épais nuages. Et ça commence à me donner le vertige. Merde alors, je suis bourré !

J'entends le murmure de la voix de Gabe, mais ne saisis pas ce qu'il dit.

Or, je suis trop curieux pour ne pas regarder ce qui se passe, alors je me lève et me faufile le long de la façade en essayant de rester dans l'ombre, jusqu'à les apercevoir à travers les buissons. Je ne sais pas trop comment je suis arrivé jusqu'ici, tout ça pour épier les deux personnes qui m'agacent le plus au monde. J'aurais mieux fait de ne pas trop boire.

Lea se tient les poings sur les hanches et Gabe à des kilomètres d'elle, les mains dans les poches, à demi tourné dans la direction opposée. Comme prêt à filer.

– Allez, Gabe, donne-moi au moins du grain à moudre.

– Je ne voulais pas sortir avec Hillary.

– Mais tu voulais devenir son ami ?

– Non.

– Tant mieux, parce que c'est une cruche.

– C'est nul, tu vas trouver que je suis nul... Je ne vais même pas arriver à dire ça...

Il préfère regarder le ciel que son visage.

– Dire quoi ?

– Je me servais d'Hillary pour m'entraîner.

– T'entraîner à quoi ? demande-t-elle en se rapprochant de lui.

– À parler aux filles.

Je dois réprimer un éclat de rire. Lea ne dit rien.

– Je croyais que tu avais compris combien j'étais timide. C'est pour ça que j'ai lu cette rédaction devant vous tous. Je me disais que ça te rendrait un peu plus patiente avec moi, parce que tu aurais compris...

– J'ai très bien compris. Et je l'accepte de ta part. Seulement, ça remonte à six mois !

– Je suis lent.

– Mais vraiment très lent, Gabe.

– Parce que je m'angoisse et je me pose des questions.

– Tu n'as pas l'air angoissé, là.

– J'ai juste trop bu !

– Donc, tu es timide, tu ne sais pas parler aux filles, et c'est pour ça que tu as déjeuné avec Hillary ?

– C'était juste un déjeuner à la cafète. On n'était pas en train de se fiancer. Pourquoi tu en fais toute une histoire ?

– Parce que tu... lui touchais la main, tu lui faisais du pied.

– Moi, je lui ai touché la main ?

– Oui. Maribel te regardait de loin et j'étais au téléphone avec elle et elle me faisait des commentaires détaillés.

Oh, il est mort ! Jamais il ne se sortira de cette situation.

– Tu ne trouves pas ça un peu dingue ? lui demande-t-il. De me faire ainsi épier par ton amie ?

– Bon, peut-être, mais quand même. Si tu tenais à moi, tu ne ferais pas ça.

– Lea, l'épisode Hillary n'a rien à voir avec toi, pas vraiment. Et tu n'as pas vraiment été très franche dans tes déclarations, toi non plus. Parfois, je me dis qu'il me faudrait un décodeur pour te comprendre. Un jour, tu es assise avec moi à la cafète et, quelques jours plus tard, je te vois flirter avec un mec à la bibliothèque, te détourner de moi, m'ignorer.

Elle secoue la tête.

– J'étais fatiguée. Et gênée. C'était juste par instinct de protection.

– Ouais, je sais ce que ça fait.

Tout d'un coup, il se tait, se tourne vers moi comme s'il avait aperçu la lueur de ma cigarette.

– Qui est là ?

Lea fait volte-face.

Je me détache de la façade en tâchant de sourire, malgré l'expression de leurs visages qui semble plutôt menacer de me botter les fesses.

– Salut ! Ça va, tous les deux ?

– Victor, lâche Lea.

– Ça fait à un bout de temps, dis-je en feignant l'amitié.

– Qu'est-ce que tu fiches ici ? demande Gabe.

– J'assistais à la fête avec mes amis.

– Et tu nous espionnes ? crie-t-elle.

– Oui, tout comme tu as espionné Gabe, dis-je avec un petit rire.

Elle se gratte nonchalamment le nez.

– Waouh ! La gifle.

L'expression méprisante, Gabe se détourne de moi.

– Je m'en vais.

– Quoi ? Il faut que tu partes, là ? demande Lea.

– Oui, j'ai beaucoup trop bu pour parler de ça maintenant. Et j'ai l'impression que tout ce que je dirai tombera de travers. Je veux y réfléchir. Mais, d'abord, il faut que je dorme. Ça ne fonctionne plus, maintenant.

– C'est parce que tu ne m'écoutes pas.

Là, j'interviens :

– Je ne crois pas que vous écoutiez, ni l'un ni l'autre.

Les deux me dévisagent ensemble un bon moment. Puis, Gabe se tourne vers Lea :

– Désolé, dit-il.

On le regarde s'éloigner.

– Tu devrais peut-être lui courir après, dis-je.

– Comme si j'allais suivre tes conseils !

Elle me bouscule et rentre en claquant la porte derrière elle.

Bon, ça n'a pas très bien marché pour nous ce soir.

Deux secondes plus tard, elle rouvre la porte tout aussi bruyamment et sort en criant par-dessus son épaule :

– Non, vrai, je vais bien. Juré.

Ses amies apparaissent derrière elle.

– Tu ne vas pas t'en aller toute seule.

– Pas du tout. Victor m'accompagne.

– Victor, de l'atelier d'écriture créative ?

– Oui.

– Tu le détestes.

C'est là que sortent deux garçons :

– Où est Gabe ?

– Parti, dit-elle simplement.

– Pour aller où ?

Elle hausse les épaules et m'entraîne avec elle, plaquant là un groupe de mecs éméchés et paumés. Je leur adresse un signe.

Ça me fera du bien de marcher.

Bob (conducteur de bus)

Je prends ma pause devant le foyer des étudiants quand mon vieil ami Gabe entre d'un pas hésitant dans le bus. Il m'adresse un signe de la tête et je ne peux m'empêcher de remarquer son petit air égaré. Je le suis des yeux dans le rétroviseur ; on dirait qu'il a mal à l'estomac.

– Vous allez pas dégueuler ? dis-je.

– Non, je viens de passer une soirée pourrie.

– Vous voulez qu'on en parle ?

Il ouvre la bouche mais, là, il entend une voix de fille juste en bas de l'entrée.

– Oh, parfait ! murmure-t-il.

– D'accord, dit-elle, merci de m'avoir accompagnée.

Je comprends vite que c'est Lea et qu'elle doit être la cause de la mauvaise soirée de Gabe.

– Quoi ? demande le garçon dehors.

– Merci de m'avoir accompagnée. Il fallait que je m'éloigne de mes amies et tu m'as bien aidée. Mais je voudrais être seule, maintenant. Plus envie de traîner.

– On est où, là ?

– Au foyer des étudiants. Tu continues tout droit par ici et tu retrouveras la fête.

Je crie par la porte :

– Ça va, en bas ?

– Oui, dit-elle en me décochant son plus charmant sourire. Tout va bien.

– Tu veux que j'y aille ? demande encore le garçon.

– Oui, et tu es prié de ne raconter à personne ce que je t'ai dit en arrivant ici.

– Je ne... Tu as parlé d'un... truc, là ?

– C'est ça, tu as tout compris.

Il s'en va dans la direction opposée et Lea grimpe dans le bus. Je m'inquiète :

– Vous êtes sûre que ça ira pour lui ?

– Oui, ça va. Ses amis sont encore là-bas et il peut bien marcher un peu.

Là, sa respiration se coupe et elle pousse un grand soupir en apercevant Gabe.

– J'aurais dû m'en douter, marmonne-t-elle.

– Je suis en pause encore pour dix minutes, leur dis-je.

Ils acquiescent tous les deux de la tête et elle va s'asseoir derrière lui.

Un silence de plomb s'installe dans le véhicule, jusqu'à ce que Gabe se retourne.

– Pardon d'avoir été aussi agressif.

– Pardon d'avoir été aussi froide avec toi hier au Starbucks.

Je finis par démarrer et partir pour un nouveau circuit. Je ne crois pas que mes deux passagers se rendent compte qu'ils ont pris la mauvaise direction ; ils risquent de mettre un peu plus longtemps que prévu pour atteindre leur arrêt du campus.

– Je sais, j'ai dit que je ne voulais pas te parler maintenant, mais il y a des choses que tu devrais savoir.

Elle paraît soudain se détendre.

– Alors, voilà ce que je te propose, continue-t-il.

Comme on s'arrête à un stop, je peux de nouveau jeter un coup d'œil dans le rétro. Elle est penchée en avant, lui toujours à demi retourné, mais il ne la regarde plus, la tête baissée vers ses genoux. Elle a une façon de croiser les mains sous son menton qui donne l'impression qu'elle voudrait le toucher mais qu'elle se retient.

– D'abord, et c'est très gênant, j'avoue que je n'ai jamais eu de petite amie et que j'avais peur de ne pas savoir m'y prendre.

– Bof, moi j'ai eu un seul copain, pendant longtemps. Je ne suis pas le genre Elizabeth Taylor à son quarantième mari.

– C'est vrai ?

– C'est vrai.

– Ouf ! Ça va mieux.

– Tu vois ? Ce n'était pas si difficile.

– On passe à plus délicat, parce que ça ne joue plus trop maintenant, mais il faut absolument que tu le saches, pour me comprendre un peu mieux.

Petit silence. Elle semble attendre patiemment la suite.

– Voilà, le premier janvier de l'année dernière, j'ai eu un accident de voiture. Juste à la sortie du réveillon.

Elle pousse un léger soupir. Je me demande un peu comment j'arrive à l'entendre malgré le bruit du moteur.

– J'avais amené ma petite sœur chez une de ses amies pour y passer la nuit et, au retour, j'ai glissé sur une plaque de glace. Ma voiture est partie en vrille pour aller taper dans un arbre, juste à ma place. J'ai eu le coude brisé et ma tête a violemment heurté la porte.

Inconsciemment, il se touche l'oreille et le côté de la tête.

Puis il la regarde, et je me rends compte que je viens de laisser le feu repasser au rouge sans bouger. Heureusement qu'il n'y a personne derrière moi. Je repars, mais je m'intéresse surtout aux gamins. J'ai toujours dit qu'on ne devrait pas rouler quand il gèle.

– Désolée pour toi, souffle-t-elle.

– Ça va maintenant. C'est le plus important. Je vais bien. Je suis resté dans le coma pendant deux jours et j'ai passé quinze jours à l'hôpital. J'avais mal partout. Et je n'arrivais plus à rien faire par moi-même, alors ma mère m'a acheté plusieurs paires de chaussures sans lacets, à cause de ce plâtre qui m'immobilisait le bras.

Il lui sourit, mais elle paraît trop frappée pour lui rendre son sourire.

– Compris.

– Il se trouve qu'en me cognant la tête, je me suis… brisé quelque chose dans l'oreille. C'est pour ça que je n'entends plus rien de ce côté-là. Bon, c'est un peu plus compliqué que ça, mais on peut le résumer ainsi. Et le médecin disait que ça pourrait s'arranger, ou pas. J'ai longtemps attendu que ça s'arrange. Mon coude s'est amélioré, ma tête aussi. Mais pas mon oreille.

Elle hoche la tête.

– J'ai fini par reprendre la fac, sauf que j'avais perdu ma bourse de base-ball. Ça commençait vraiment à faire beaucoup. Je voulais te plaire, mais pas que tu me prennes en pitié. Je voulais que personne n'ait pitié. Et là, j'ai tout fichu en l'air.

On vient d'arriver à leur station et je ne sais pas s'il faut le leur dire ou non. Lea s'en aperçoit et se lève.

– Merci, lui dit-elle. De m'avoir raconté ça.

– Alors, on est réconciliés ?

– Oui. Je voulais juste... J'ai l'impression que tout a déraillé ; si tu m'avais dit ça plus tôt, j'aurais compris. Mais je n'avais rien à quoi me raccrocher.

Il acquiesce et semble se préparer à en prendre plein la figure.

– Tu peux me laisser un peu de temps ? demande-t-elle. Pour réfléchir ?

– D'accord.

– Désolée. Mais ça fait beaucoup à digérer.

Elle croise les bras et semble soudain se rappeler que j'existe. Elle lève un doigt pour me demander d'attendre une minute.

– Ne le prends pas mal, ajoute-t-elle. Mais je t'ai menti en disant que je n'avais pas trop bu, et tu es ivre, et je ne suis pas sûre qu'on puisse régler tous ces mois de stupidité en une seule soirée.

Il se frotte les yeux.

– Tu m'accompagnes chez moi ? demande-t-elle. S'il te plaît ?

Les voilà qui longent le couloir, me remercient en chœur, toujours aussi bien élevés alors qu'ils traversent une épreuve difficile.

Je les suis des yeux jusqu'à ce qu'ils disparaissent dans leur résidence.

Casey (ami de Gabe)

Assis sur la véranda, je fais semblant de préparer mon cours de psychopathologie. Il fait un temps magnifique en ce samedi après-midi. Le soleil brille, les oiseaux lâchent des crottes sur ma voiture et mon fauteuil à bascule grince chaque fois que je bouge. Je n'aurais sans doute pas dû m'y adosser ainsi pour poser les pieds sur le rail, mais il y a quelque chose de palpitant à vivre dangereusement. J'expérimente la résistance à la traction. Du moins, c'est ce que je dirai quand je me retrouverai aux urgences après qu'il se sera effondré sous moi.

– Pourquoi tu lis *Jamais je ne t'ai promis un jardin de roses* ?

Je n'avais pas entendu Gabe arriver. Mon fauteuil émet un horrible grincement quand je me retourne et que mes deux jambes heurtent le sol.

– Les psychopathologies, dis-je à un Gabe écroulé de rire. Et arrête de te moquer de moi.

Il parvient à reprendre son sérieux, s'assied près de moi.

– Alors, quoi de neuf ?

J'ai des centaines d'autres questions à lui poser, mais je commence par quelque chose d'innocent.

– Rien.

– Rien de nouveau ?

– Enfin si. Mais je ne sais pas comment te dire…

– Si tu veux, on joue aux questions-réponses. D'abord, par exemple : où tu es allé hier soir ?

– Chez moi.

– Pourquoi tu n'as envoyé de SMS à personne pour qu'on ne te croie pas mort ?

Il me lance un regard exaspéré.

– Bon, on savait que tu n'étais pas mort. Mais tu aurais dû revenir à la fête.

– Pas question, trop humiliant. Je n'aurais pas supporté.

– Elle est partie, elle aussi.

– Oui, je sais. On s'est retrouvés dans le bus.

– C'est vrai ?

– J'ai bien mis mon cœur à nu, et tout ce qu'elle a trouvé à répondre, c'était quelque chose comme : « Cool, on verra ça plus tard. »

– Sérieux ?

– J'ai dû envoyer trop de signaux contradictoires sans... sans faire aucune promesse. Alors, elle a dit qu'on était trop pétés pour en tirer du concret le soir même. Et, alors qu'on rentrait vers la résidence, elle a promis de m'avertir quand elle serait prête.

– Qu'est-ce que tu vas faire ?

– Faire ?

– Oui, la prochaine étape ?

– Je ne sais pas encore.

– En tout cas, tu as déjà compris qu'il doit y avoir une étape suivante.

– C'est sûr, mais je devrais prendre exemple sur elle. Genre, capter un signal quand elle sera prête à poursuivre la conversation.

– Tu devrais essayer un petit geste romantique.

– C'est ça ! Tout à fait mon genre.

– Fais-en un geste romantique à la Gabe.

– Je n'imagine même pas à quoi ça ressemblerait.

– Attends, avant qu'on passe à autre chose, tu peux me dire pourquoi tu es venu ici ?

– Oui, j'avais envie de me changer les idées avec un jeu vidéo.

– Ça marche.

MAI

Hillary (étudiante en écriture créative)

– Désolée pour ce petit retard, dit Inga en entrant à la dernière seconde. Une allergie.

On dirait Rudolph, le petit renne au nez rouge.

J'ai vraiment trop hâte que ce semestre s'achève. Surtout maintenant que je sais que Gabe se trouve trop bien pour moi. J'en ai marre de passer plusieurs heures par semaine en sa présence.

– Je vous annonce un dernier changement pour le devoir de jeudi prochain.

Sa voix nasillarde me tire de mes rêvasseries. Toute la classe se met à gronder.

– Il sera plus court que d'habitude, promet-elle.

J'ai du mal à la croire. Ça sent le coup bas. Personne dans cette classe ne sait rédiger de courts et bons exposés.

– Vous allez, en une centaine de mots, nous décrire quelqu'un sans utiliser le moindre adjectif.

– Quoi ?

J'ai mal entendu !

– Décrire quelqu'un en cent mots, pas d'adjectifs.

– Mais les adjectifs servent à décrire !

J'essaie de comprendre pourquoi Inga croit qu'il s'agit là d'un truc normal à la portée de tous. Comme s'il fallait être une sorte de génie de l'écriture pour réussir ce devoir.

– Merci, Hillary, je sais à quoi servent les adjectifs.

– C'est impossible...

Je ravale de justesse le « vieille vache » qui allait suivre. Ses médicaments anti-allergie ont dû lui ramollir la cervelle.

C'est sûrement ça, parce qu'elle lève les yeux au ciel. Je devrais dénoncer cette vieille vache. Je jette un coup d'œil vers Gabe qui griffonne sur son cahier, puis vers Lea qui se mordille le pouce. Toute la classe m'a l'air aussi blasée devant un sujet aussi ridicule. Je m'affale sur mon siège, les bras croisés.

– Bien. Voici un exemple : « Ma mère a un fauteuil dans son salon et quand elle s'assied dessus, elle se décontracte. Quand elle lit un livre dans ce fauteuil, on la croirait dans son nid. Quand elle s'y installe pour la soirée, tout va bien dans son monde. » Voyez-vous ma mère ? À quoi elle ressemble ?

– Je crois...

Je m'efforce de rester ferme. Si Inga peut jouer les peaux de vache, moi aussi.

– Vous pourriez également dire que quelqu'un a une tête de fouine, des cheveux de paille et que son attitude vous rappelle celle d'un caniche qui ne pense qu'à lui.

Pas la peine de me raconter tout ça. Je m'apprête à me lever pour montrer à Inga qui est le patron ici quand une voix lance tranquillement :

– Je trouve ça plutôt cool.

L'adorable visage de Gabe me calme instantanément. Jusqu'au moment où je me rappelle que c'est le dernier des abrutis et que je ne peux pas le saquer. Pourquoi ma vie est-elle si compliquée ?

– Bien, dit Inga. Et tout le monde devra lire son devoir en classe. Il représentera vingt pour cent de votre moyenne. Les quatre-vingts pour cent restants seront constitués comme nous l'avons déjà dit, de vos différentes phrases d'introduction.

Gabe s'étrangle bruyamment. Qu'est-ce que j'ai pu trouver à ce type ?

– Je vous promets que ça ira, insiste Inga en le regardant.

Et alors ? Pourquoi elle joue comme ça les cinglées perverses ?

Une chance que l'année soit presque finie.

Charlotte (une barmaid)

Il y a tellement de monde que je ne l'aperçois qu'au dernier moment, quand elle se présente devant moi pour prendre sa commande.

– Bonjour, dis-je.

– Oh, bonjour !

Elle a l'air dégoûtée. J'ai envie de lui demander si, au moins, elle va bien, mais la file d'attente est trop énorme et la buse vapeur fait un bruit de ptérodactyle.

Pas vraiment le moment de bavarder.

Elle prend un grand caramel macchiato glacé et s'assied à la table la plus proche, pour regarder par la fenêtre. J'en viens à me demander si elle n'essaie pas d'attirer Gabe par le seul pouvoir de son esprit. Je la surveille en douce jusqu'à la fin de mon heure de service. Elle a sorti un petit carnet rose, sur lequel elle griffonne avec ardeur.

Évidemment qu'elle a un petit carnet rose.

Je suis plutôt choquée qu'il ne soit pas recouvert de fausse fourrure ou de quelque chose du même genre.

Je me dirige vers elle en faisant mine d'épousseter les tables. Elle lève les yeux vers moi, esquisse un début de sourire, les lèvres serrées.

L'un de ses amis entre d'un pas dansant.

– Lea, mon cœur ! lance-t-il. Comment vas-tu ?

– Salut, Danny. J'ai connu mieux.

– Raconte-moi ça.

Je continue de nettoyer les tables, mieux qu'elles ne l'ont jamais été dans toute l'histoire de Starbucks. Mais quand elle en arrive à la conclusion qu'elle et Gabe ont besoin d'un peu plus de temps, je ne peux me retenir davantage et demande en m'approchant :

– Vous avez fait quoi ?

– On était bourrés. Ça tombait trop mal. Tout allait de travers.

– Vous savez qu'il a l'air terriblement amoureux de vous ?

– Pardon ?

– Il n'arrête pas de vous regarder quand vous êtes ensemble ici. Et je l'ai entendu demander de vos nouvelles aux autres gens, quand vous n'êtes pas là.

– Elle a parfaitement raison, intervient Danny.

– J'ai tout gâché...

Là, je m'assieds carrément face à elle en espérant que la gérante ne s'en apercevra pas.

– Écoutez, je le prenais pour un crétin fini. Une espèce de barjo qui ne valait pas la peine qu'on s'intéresse à lui. Mais, ces derniers mois, il m'a fait changer d'avis. On aime bien vous regarder tous les deux.

– On ?

– Euh... disons tous les gens qui travaillent ici, mais surtout Tabitha et Keith.

Ce qui la fait enfin vraiment sourire.

– Alors, d'après moi, vous devriez tenter encore le coup. Ça ne peut pas faire de mal.

– J'approuve, dit Danny.
– Bon, soupire-t-elle. J'ai peut-être un plan.

Victor (étudiant en écriture créative)

J'entends Gabe avant de le voir. En fait, je ne sais pas trop quand j'ai perçu sa présence parce que si j'avais su que c'était lui, j'aurais changé de direction. Il est en train de ranger des livres dans la bibliothèque, or celui que je cherche se trouve juste à l'endroit où il travaille.

Quand il m'aperçoit, j'ai nettement l'impression que c'est plutôt lui qui a peur de moi.

– Salut mec, dis-je.

Il grogne une réponse inaudible, me regarde à peine.

– Vous avez bien fait tout ce qu'il fallait avec ta copine, l'autre soir ?

Il ricane.

– Bon, je suppose que non.

– Qu'est-ce que tu en as à fiche ? demande-t-il d'un ton calme.

– Beaucoup, en fait. J'aurais dû m'en aller. Au lieu de quoi, je me suis incrusté et j'ai dû juste faire empirer les choses. Alors, désolé.

Levant les yeux au ciel, il se dirige vers la section suivante. J'insiste :

– Non, sérieux.

– Cool ! marmonne-t-il d'un ton pincé.

– Et désolé pour ce que j'ai dit le dernier jour de l'atelier d'écriture créative. Je croyais que tu allais retourner la situation à ton avantage. Parce que c'est tellement évident que tu lui plais, mon vieux.

– Pfff !

– Non, sérieux.

– Oui, c'est ça. Tu voudrais en plus que je te croie ?

– Il se trouve que je m'intéresse à vos petits... moments. J'étais là au petit déjeuner de minuit, mais aussi à ce concert en janvier, et l'autre soir. Sans parler de nos cours.

Cette fois, il se tourne vers moi. On dirait que j'ai retenu son attention.

– Et vous deux, bande de débiles, vous formez le couple le plus mignon et le plus agaçant que je connaisse. Je m'en veux d'avoir employé le mot « mignon ». Ça me fait mal au ventre.

Il pouffe de rire.

– Je ne sais pas pourquoi je me sens aussi concerné, et là, tu pourrais me mettre ton poing dans la gueule ; mais je tiens à te dire que si je vous déteste tous les deux, vous ne vous détestez pas du tout.

– Quand tu es parti, l'autre soir, elle est montée dans le bus et j'étais là. Elle m'a demandé de lui accorder un peu de temps. Alors, je lui accorde du temps.

– D'abord, tu aurais mieux fait de ne pas t'en aller.

– Elle a dit quelque chose ? Pendant que vous marchiez ?

– J'espère que tu te rends compte à quel point je m'en veux de me mêler de ça, mais après ton départ, je l'ai accompagnée jusqu'à l'arrêt de bus. Et tout le long du chemin, elle n'a parlé que de toi. Pas toujours en bien, parce qu'elle était furieuse, mais on ne pouvait plus l'arrêter. Elle m'a fait promettre de ne rien répéter à personne et je ne me rappelle pas trop les détails, mais je suis sûr qu'elle ne m'a jamais dit de ne pas t'en parler. De ne rien répéter à personne.

Il plisse les yeux, fait la moue.

– Je crois que je te suis là-dessus.

– Ouais. Pas trop envie de me prendre un coup de genou dans les couilles pour ça. Je l'en sens tout à fait capable.

Cette fois, il sourit.

– Je n'aurais jamais cru te dire ça, mais merci, Victor.

– Je mentirais si je répondais « à ton service ».

Là-dessus, je préfère partir avant de me croire dans une comédie romantique.

Pam (épouse d'Inga)

– Ah, mon cœur, tu as une mine épouvantable ! dis-je à Inga en rentrant ce mardi soir après le travail.

– Merci, renifle-t-elle, le nez dans son mouchoir.

– Non, vraiment. Même ta voix est prise. Et j'estime que la franchise est un aspect essentiel de notre relation. En fait, la pierre angulaire.

– S'il te plaît, arrête de bavarder et prépare-moi une bonne soupe.

– Bien entendu.

Dès que c'est prêt, je lui apporte un bol fumant alors qu'elle s'est installée dans le canapé entre coussins et couvertures. Je m'assieds sur le fauteuil à côté d'elle.

– Je me disais bien que je faisais des allergies.

– Tu devrais peut-être annuler tes cours de demain.

– Non !

– D'accord...

– Il faut que j'y aille. Je leur ai donné un devoir.

– Quel genre ?

– Une description sans adjectif.

– Ah ! La rédaction de l'année !

– Il était temps. Je devais leur offrir cette dernière chance. Et tant pis si j'ai du mal à m'exprimer.

– Je sais, ma chérie.

– Et puis, si ça ne marche pas, j'aurai au moins tout essayé.

– Tu as fait plus que ce qu'aucune personne saine ne devrait tenter pour un couple d'étudiants en atelier d'écriture créative.

– Arrête de te moquer de moi sous prétexte que je crois au pouvoir de l'amour.

– Je ne me moque pas de toi ! Je voudrais juste que tu comprennes que tu ne peux pas en faire davantage.

– J'aurais pu organiser un concours entre élèves. Je les aurais fait travailler par couples et le prix aurait été un dîner au restaurant.

– Là, tu nous décris un épisode de *Glee*.

– Mais non. Enfin, peut-être. Je ne sais plus ; j'ai dû prendre trop de médicaments anti-rhume.

– Je vais te préparer du thé. Ça t'aidera contre les pertes de mémoire.

Lorsque je reviens, elle s'est endormie.

Maribel (camarade de Lea)

– Maribel ? murmure la voix de Lea à travers la pièce plongée dans l'obscurité.

Je ne réponds pas.

– Maribel, répète-t-elle un peu plus fort.

Je garde les paupières farouchement fermées, respire à peine.

– Maribel, j'aurais peut-être mieux fait d'écrire un truc sur mon père ou sur ma grand-mère, ou sur une des barmaids du Starbucks.

Là, je vais manquer d'oxygène, en plus elle me jette un coussin à la tête.

– Je sais que tu es réveillée.

– Bon, ça va, dis-je en roulant sur le côté. Mais pourquoi on discute encore de ça ? Tu sais très bien ce que j'en pense.

– Et si j'avais complètement manqué mon coup ? S'il n'aimait pas ? Et s'il était trop taré pour y faire attention ? Et s'il avait décidé de me laisser tomber ? Et si je vomissais avant d'avoir le temps de lire mon texte ?

– Lea. Tu es une personne adorable. Il aurait trop de chance de t'avoir. Mais on ne t'a jamais obligée à écrire ton essai sur lui. Tu n'as pas à faire un truc que tu ne veux pas.

Elle s'apprête à me répondre quand je l'interromps, car je sais très bien ce qu'elle va me dire.

– Arrête de te prendre la tête.

– Si c'était aussi facile, crois-moi, ce serait déjà fait.

– Je voudrais bien te croire, mais il est quatre heures du matin et c'est au moins la douzième fois qu'on a cette conversation en moins de deux jours. Alors, dors un peu pour avoir bonne mine et bien lire ton essai à Gabe.

– D'accord. Bonne nuit.

– Bonne nuit.

Le silence retombe quelques minutes.

– Mais comment je vais m'habiller ? gémit-elle dans l'obscurité.

Sam (frère de Gabe)

Gabe est assis sur un banc, l'air complètement perdu. Ce qui n'a rien d'inhabituel pour lui. Il a toujours été comme ça.

– Salut, dis-je. Tu voulais qu'on se voie ?

– Je voudrais ton avis.

– Tu m'étonnes, dis-je en m'asseyant près de lui. Tu as encore besoin de ton grand frère de temps en temps.

Sans relever mon commentaire, il me tend une feuille de papier.

– Tu pourrais lire ça ?

– Euh… oui, bien sûr.

C'est super-court.

Il me contemple d'un regard plein de ferveur.

– Ça parle de Lea ?

Il hoche la tête.

– C'est bien.

– Juste bien ?

– Oui, enfin, qu'est-ce que tu veux en faire ? Le lui donner ?

– Non, je vais le lire devant la classe. Aujourd'hui.

– Eh bé !

Du coup, je relis les deux paragraphes.

– C'est trop gênant ?

– Ça pourrait l'être, mais si elle tient un tout petit peu à toi, ça devrait complètement la convaincre. Non, ce que je trouve… surprenant, c'est que tu le lises à haute voix.

– Je suis mort de peur.

– C'est énorme, puissant. Je serais inquiet si tu ne l'étais pas.

– Si je meurs de honte ou de terreur, dis à maman que je l'aime.

Au moment où il se lève, je murmure sincèrement :

– Bonne chance.
– Merci.

Inga (professeur d'écriture créative)

Je me sens presque aussi angoissée que Gabe en a l'air, ce qui me permet au moins d'espérer qu'il a mordu à l'hameçon. Et j'en suis certaine dès que je demande à la classe de se calmer et qu'il lève la main.

– Gabe ?

– Je peux passer le premier ?

– Certainement ! J'apprécie votre enthousiasme.

Il sourit faiblement, prend une profonde inspiration puis s'avance vers l'estrade tandis que je m'assieds à un bureau latéral. Il a pris de l'assurance ce semestre. Ce n'est plus le gamin timoré que je voyais en lui cet automne.

– Très bien, dit-il en s'éclaircissant la gorge.

Il me regarde et je ne sais pas trop si je dois lire dans son expression un « au secours ! » ou « mauvaise idée. »

– Ça fait exactement cent mots.

– Très bien. À vous de jouer.

Il ferme les paupières une seconde, se mord la lèvre avant de rouvrir les yeux droit sur Lea.

Chaque fois que je la vois, elle me surprend. Elle m'aide à garder les pieds sur terre. Elle me sourit quand j'en ai besoin, même si elle ne peut pas savoir que j'en ai besoin. J'aime la regarder quand elle réfléchit. J'aime comme elle me regarde quand je réfléchis.

Elle parle aux écureuils comme à des amis. Je crois que la façon dont on traite les animaux en dit beaucoup sur une personne. Entre autres, comment elle vous traitera si vous ne dites mot. Elle vous parlera même si vous ne répondez pas grand-chose.

C'est si vite terminé que j'ai à peine le temps de relever s'il utilise ou non des adjectifs, et, franchement, ça n'a pas grande importance. Il a mis une telle ferveur dans cette description que je ne pourrais lui donner moins qu'un A. Et il a magnifiquement décrit Lea.

Je me retourne vers elle, assise à sa place, toute rouge et souriante.

Il ne la regarde pas, se contente de déposer sa feuille sur mon bureau avant de regagner sa place au fond.

– Merci Gabe.

Il me jette un regard paniqué.

– Bien, dis-je. Qui voudrait suivre ce remarquable exemple ?

– « Remarquable » n'est pas un adjectif ? demande Hillary.

– Tais-toi, marmonne Lea qui m'ôte les mots de la bouche. C'est mon tour, maintenant.

Hillary reste silencieuse à sa place, comme stupéfaite, la bouche bée alors que Lea se lève.

– Pour ne pas être en reste avec Gabe, commence-t-elle, voici ma propre description, également en cent mots tout juste.

– Parfait ! dis-je en lui faisant signe de se lancer.

Je sens encore Hillary fulminer quelque part derrière moi, mais je n'accorde mon attention qu'à Lea.

Il se comporte comme s'il voulait que personne ne le regarde. Je regarde pourtant car j'y tiens, car son attitude m'y incite. S'il ne voulait pas que je regarde, il devrait cesser d'exister. Car je ne sais jamais quand il va se retourner. Je me tiens sur mes gardes.

Si je laisse passer l'occasion, elle ne se représentera peut-être jamais. Et si je n'en ai plus d'autre, il ne saura jamais que je le regardais depuis le début. Car il est ainsi, le genre de personne qu'on a envie de regarder.

J'ai hâte de dire à Pam qu'ils ont tous les deux mordu à l'hameçon et emporté l'appât. Ils m'impressionnent beaucoup. Je lève le pouce vers Lea quand elle me donne sa feuille, puis elle se dirige vers sa place.

Je prends le temps de me retourner vers Gabe, il s'appuie sur son bureau, les bras croisés, serrés sur lui-même, mais son expression en dit long.

Il arbore un large sourire sans cesser de cligner des yeux et de secouer la tête, au bord de l'explosion de joie.

– Très bien, dis-je. Jusqu'ici ça va. Poursuivons !

Banc (sur la pelouse)

Pourquoi, dès que le temps se réchauffe, dois-je participer à toutes les conversations du monde ? Ces jeunes ne se parlent jamais discrètement ?

– Salut ! lance une voix féminine.

– Salut ! répond le propriétaire du derrière posé sur moi.

Un long silence s'ensuit.

– Je peux m'asseoir ? demande la fille.

– Bien sûr.

Personne ne me demande jamais s'il peut s'asseoir.

– Alors...

– J'ai bien aimé ton essai.

– Et moi le tien.

Nouveau silence.

– Désolée pour l'autre soir, reprend-elle. Je ne pense qu'à ça et je cherchais une meilleure façon de te le dire. Et si je n'avais pas eu peur de nous humilier à mort, je te l'aurais dit devant toute la classe. Mais je me suis mise à penser à Hillary, qui nous écouterait, nous jugerait, et j'ai...

– Moi aussi, je suis désolé.

– Pardon pour ma stupidité.

– Non, c'est surtout moi…

– On ferait sans doute mieux de se calmer tous les deux. Je m'engage ici à rendre tes actes moins stupides.

Et elle lève la main comme si elle prêtait serment.

– À vrai dire, soupire-t-il, je risque de me montrer parfois encore vraiment stupide. Mais je te promets que tu auras sur moi cette influence positive.

– Tu sais que je ne te crois pas vraiment stupide.

– Bon alors, si on faisait un compromis ? Disons qu'il m'arrive de me montrer stupide.

– Bien sûr. Ça arrive à tout le monde. Tu ne crois pas que j'ai été stupide en te reprochant d'avoir parlé à Hillary ?

– Je ne sais pas, j'ai trouvé ça plutôt mignon.

– Tu dis ça maintenant, mais je t'assure que c'était stupide.

– C'est cette conversation qui l'est.

– Un peu, oui.

– Je crois qu'on utilise trop le mot « stupide ». On va devoir le mettre dans la liste interdite, avec « truc ».

Elle se met à rire.

– C'est vrai, et je suis d'accord. Mais ça ne fait pas de mal, parfois, les conversations pour ne rien dire. Comme si on… s'entraînait.

– Pourquoi ? On va bientôt passer un examen de conversation ?

Elle se redresse et il en fait autant. À mon avis, ils doivent se regarder un long moment. Ce qui me laisse au moins un petit moment de quiétude.

– Arrête d'examiner mon oreille, dit-il.
– Je n'examine pas ton oreille.
– Si.
– À présent, oui. C'est complètement invisible.
– C'est tout petit, minuscule en fait.
– Et ça marche ?

Elle se rapproche de lui, comme si elle guettait la première excuse pour s'introduire dans sa bulle.

Il se rapproche à son tour, jusqu'à ce que leurs jambes se touchent.

– Le médecin n'était pas certain que ça marcherait pour moi, mais je crois que j'ai eu de la chance.
– On dirait bien.

Elle parle tout doucement. Je ne suis pas sûr que je l'entendrais s'ils n'étaient pas assis là.

– Je t'aime bien, reprend-elle. Tu le sais, j'espère ?
– Oui. Ton essai m'a permis de m'en rendre compte.
– C'est ce que j'espérais.
– Moi aussi. Je veux dire que je t'aime bien.
– Tu es attendu quelque part, là ?
– Nulle part.

Ils tombent dans les bras l'un de l'autre et je comprends que je n'en ai pas fini avec eux.

Je suppose qu'il existe de pires couples à écouter.

Maxine (serveuse)

Quand ils entrent, je vois immédiatement que quelque chose a changé. Tout en eux semble détendu, comme si leur anxiété les avait quittés. Sans parler du fait qu'ils entrent en même temps et qu'il lui tient la porte, en bon jeune homme bien poli.

– Asseyez-vous où vous voulez, leur dis-je avec un grand sourire.

La salle est tranquille ; le semestre est presque passé et comme une de nos jeunes employées a été malade cette nuit, je me retrouve à l'accueil autant qu'au service des clients. Ça ne me dérange pas, surtout si ça me permet de voir mon couple préféré.

– Comment allez-vous ? me demande-t-elle.

– Ça roule. Et vous, ce soir ?

– Je ne sais pas pour Gabe mais, moi, je meurs de faim.

– Moi aussi, dit-il.

– Qu'est-ce que vous avez fait de beau toute la journée ?

Je sais, je suis trop curieuse.

– On a pris le train pour aller en ville et on s'est promenés.

– C'était génial, renchérit-elle.

– On dirait que vous vous êtes bien amusés.

Tous deux acquiescent en souriant.

– Vous voulez que je vous laisse encore une minute ou deux pour choisir ?

– Oui, s'il vous plaît, dit-elle.

– Dites-moi quand vous serez prêts.

Je retourne vers le comptoir et me mets à remplir les salières, tout en restant assez proche d'eux pour les entendre, chose dont je ne me lasserai jamais.

– Alors, Lea ? demande le garçon.

– J'hésite entre le fromage grillé et une omelette.

– Regarde-moi une seconde.

Elle obéit.

– Toute la journée, j'ai eu envie de faire ça.

Il se penche au-dessus de la table pour poser les lèvres sur les siennes, puis il se rassied au bout de quelques secondes.

– Excellente idée, dit-elle.

Oh ! Ces deux petits amoureux vont me tuer.

Écureuil !

Le garçon et la fille sont de retour, bel et bien ensemble. Je cours dans leur direction, prêt à me jeter à leurs pieds pour obtenir ce qu'ils auront pu m'apporter de délicieux cette fois-ci.

Ils sont assis sur mon banc préféré, il lui a passé un bras sur le cou, leurs têtes se touchent presque et ils parlent.

– Ainsi, tu veux savoir l'essentiel, dit-elle en lui prenant la main.

– Oui, j'ai l'impression de ne pas savoir grand-chose de toi. J'ai récolté quelques miettes, mais je connais peu de faits. Les trucs comme les parents, les frères et sœurs, l'anniversaire, ta glace préférée.

– Pas très intéressant. Parents divorcés, je vois surtout mon père parce que ma mère est remariée avec deux enfants de ce deuxième mariage, qu'elle élève plus attentivement que moi à l'époque. Enfin, je n'en fais pas une maladie non plus.

– Ça craint, souffle-t-il.

J'aime comme il lui saisit une mèche, l'enroule autour de son doigt.

Elle hausse les épaules.

– Je m'en suis remise.

– Comment se remettre d'une vacherie pareille ?

– Cette conversation devrait plutôt occuper notre quatrième rendez-vous, murmure-t-elle. Alors, je vais passer aux autres questions. Mon anniversaire : le quatre juin.

– C'est bientôt. Je vais l'ajouter à mon agenda.

– Ma glace préférée serait la menthe aux copeaux de chocolat.

– Je t'en achèterai un pot pour ton anniversaire…

Éclatant de rire, elle se blottit contre lui.

Je décide de ne pas les déranger. J'ai tout ce qu'il me faut à manger.

Frank (livreur de repas chinois)

On n'est qu'à deux soirées de la fin de l'année scolaire et je me retrouve à faire une livraison dans le dortoir des premières années. Je devrais être chez moi en train de réviser pour mes examens de physique, mais j'ai aussi besoin d'argent. Au fond, il faudrait peut-être que j'engage quelqu'un pour me lire mes notes pendant que je conduis.

Le garçon et la fille qui, selon moi, sortent ensemble, sont tous les deux assis devant l'entrée du bâtiment.

– C'est pour nous, dit la fille.

– Ah ! Vous avez finalement suivi mon conseil en faisant une commande groupée !

Ils éclatent de rire.

– J'espérais bien que ça finirait par arriver.

– Vous n'êtes pas le seul, dit le garçon.

Ils me donnent un énorme pourboire.

Danny (ami de Lea)

J'entre en trombe dans le dortoir de Lea pour lui demander ce qui se passe avec Gabe. Je n'ai plus aucune nouvelle depuis le Starbucks de la semaine dernière et je tiens absolument à ce qu'elle me mette au courant.

Du coup, je n'arrive plus à me concentrer sur mes examens.

En longeant le couloir, j'aperçois la porte de sa chambre entrouverte. Parfait, ça veut dire qu'elle doit être là et que je vais pouvoir la coincer au pied du mur pour qu'elle me donne mes informations.

J'ouvre grand la porte.

– Azalea Fong ! dis-je d'un ton impérieux.

C'est là que j'aperçois les restes d'un dîner chinois sur la commode. Et la télé qui passe un épisode de *Buffy contre les vampires*.

Oh là là ! Et il y a ces deux personnes pelotonnées l'une contre l'autre par terre, au milieu d'un nid de coussins.

Dans un cri d'effroi, je me couvre les yeux.

– Danny ? s'exclame Lea en se redressant.

Gabe s'assied lui aussi.

Encore heureux qu'ils soient tous les deux habillés.

– Pardon, désolé, dis-je.

– Ça va, assure-t-elle en se levant.

Gabe en fait autant, bien qu'il reste un peu en retrait derrière elle et regarde ailleurs. Elle le prend par le bras, le fait passer devant elle.

– Gabe, voici Danny.

Je m'incline pour lui serrer la main.

– Ravi de te connaître, dit-il.

– En fait, on s'est déjà rencontrés deux ou trois fois. Tu habitais au même étage que ma coloc Maureen.

– Tu n'étais pas blond à l'époque ?

– Momentanément, oui.

– Ah, je me souviens ! Je t'avais demandé la marque de ton jean parce que ma mère voulait absolument m'en offrir un.

Tout devient clair maintenant.

– Bon, je vais vous laisser tous les deux tranquilles.

– Merci, Danny, dit Lea en me serrant dans ses bras. On se revoit bientôt, promis.

– Promis juré ?

Elle lève yeux au ciel, mais accroche son petit doigt au mien.

Je ferme la porte derrière moi afin qu'ils ne soient plus dérangés par d'autres intrus.

Ouf, c'était plutôt gênant.

Mais, mon Dieu, qu'ils sont adorables !

Remerciements

J'ai l'impression que ceci pourrait échapper un peu à mon contrôle, alors commençons par le commencement avec Jean Feiwel. Sans sa brillante idée de mélanger des romans pour jeunes adultes avec le concept de *The X Factor*, ce livre n'aurait pas existé. Je lui suis reconnaissante de tout ce qu'elle a fait pour moi.

Mon immense gratitude à mon éditrice, Holly West, dont l'aide et la patience m'ont été des plus précieuses. Sans ses conseils, ce roman serait nettement moins attrayant. Merci également à Molly Brouillette, Allison Verost et Kathryn Little pour de précieux petits détails. Et au comité Swoon Reads pour ses lectures, appréciations et corrections.

Toute ma reconnaissance à mes amis et collègues de la bibliothèque municipale Morristown et Morris, pour leur souplesse et leur soutien : Maria Norton, Chad Leinaweaver, Arlene Sprague, Kelly Simms, Virginia Lee et Anne Ryan Dello Russo en particulier. Et aussi à Jim Collins pour avoir tenu compte de chacune de mes idées de livres les plus extravagantes depuis quatre ans. Un jour, j'écrirai cette saga zombie-sirène.

D'infinis remerciements à l'équipe en ligne: Kandra Rivers pour ses encouragements après avoir lu mes divers projets, Hanna Nowinski pour ne pas avoir bloqué mon adresse e-mail après mon cinq millième message à la recherche du moment « oooh », et à Adi Lubotzki pour avoir trouvé une réponse des plus intrigantes à la question « Quel genre de roman d'amour voudriez-vous lire ? ». Et à tous mes amis adeptes de Tumblr : vous m'avez donné le courage de commencer par poster mes écrits en ligne.

Ma reconnaissance éternelle à Lauren Velella, car chaque fois que je dis « Hé, j'ai écrit deux trois petits trucs, tu veux les lire ? », elle répond : « Toujours ! » À Michelle Petrasek, formidable lectrice, éditrice, compagne de jeu et fan de fast-food. À Chrissy George, ma partenaire préférée pour faire des courses. Et un grand bravo aux filles FRLK – Kate Vasilik, Katie Nellen, Chelsea Reichert et Melanie Moffitt – pour m'avoir écoutée et fait pleurer rien qu'avec un numéro de catalogue et un ISBN.

Un soutien sans faille et tout mon amour à mes sœurs et frères : Karen, Scott et Sean, car il y a un peu de vous dans tout ce que j'écris. Vous avez beaucoup plus d'influence sur moi que vous ne pourriez l'imaginer. Merci également à Bill, Billy, Zak, Sandra, Brianna et Kathleen, autres membres de cette grande et ancienne famille.

Mon éternelle reconnaissance à maman, Pat, pour un million de raisons, beaucoup trop nombreuses pour pouvoir les énumérer ici. J'aimerais aussi m'excuser pour certaines libertés de langage. Et enfin à mon papa, Wayne, qui me manque tous les jours. J'aime à imaginer ce qu'il aurait pu dire en découvrant ce roman : « C'est bien, Sandra Jean ! » Après quoi, il m'aurait acheté un gâteau.